les braises sous la cendre

TARA LAIN

les braises sous la cendre

TARA LAIN

Publié par
DREAMSPINNER PRESS

5032 Capital Circle SW, Suite 2, PMB# 279, Tallahassee, FL 32305-7886 USA
www.dreamspinnerpress.com

Les braises sous la cendre
Copyright de l'édition française © 2017 Dreamspinner Press.
Titre original : Sinders and Ash
© 2015 Tara Lain.
Première édition : octobre 2015
Traduit de l'anglais par Julie Bénazet

Illustration de la couverture :
© 2015 Reese Dante.
http://www.reesedante.com
Les éléments de la couverture ne sont utilisés qu'à des fins d'illustration et toute personne qui y est représentée est un modèle

Édition e-book en français : 978-1-63533-866-9
Première édition e-book française : mai 2017
Édition imprimée en français : 978-1-64080-464-7
Première édition imprimée français : décembre 2017
v 1.1

Édité aux États-Unis d'Amérique.

À Lynn Lorenz, une amie très chère, qui m'a continuellement inspirée et soutenue dans ma carrière.

NOTES DE L'AUTEUR

LES CONTES de fées se caractérisent généralement par une fin heureuse, le traditionnel « Ils vécurent heureux et eurent beaucoup d'enfants », même si un grand nombre des histoires d'origine ne finissait pas toujours très bien. Parfois aussi, on les décrit comme des histoires à dormir debout, des récits impossibles. Permettez-moi de ne pas être entièrement d'accord. Les Contes de Pennymaker vous proposent de redécouvrir des contes connus, à travers des intrigues modernes qui, quoique rocambolesques, restent possibles, pour notre plus grand plaisir. J'espère que vous serez charmés par les aventures de ces nouveaux héros, sages conseillers, reines maléfiques et autres belles-mères cruelles, sans oublier le mystérieux petit elfe, qui pourrait bien être une marraine la bonne fée. Bienvenue dans les Contes de Pennymaker.

I

MAUDITES CENDRES ! Mark retira son bonnet et le frappa énergiquement contre sa cuisse. Son pantalon était déjà dans un état déplorable de toute façon. Il y avait tellement de suie qu'il n'y voyait presque rien. Non pas qu'il soit nécessaire de bien voir pour nettoyer une cheminée. Heureusement d'ailleurs, parce qu'il avait pour ordre de les nettoyer, toutes sans exception. Tout devait être parfait pour l'arrivée de « Sa Majesté le Prince ».

Mark essuya rapidement ses lunettes en écailles de tortue avec la manche de la chemise en coton bleu qu'il était obligé de porter tous les jours. L'hôtel lui fournissait et nettoyait sa chemise d'uniforme, mais le pantalon était à lui, et le garder propre au quotidien était un véritable tour de force. Il s'écarta de la cheminée et aperçut son reflet dans l'un des grands miroirs ornementés. Il ressemblait à un grand raton laveur dégingandé. Ce serait drôle si...

La porte du petit salon privé s'entrouvrit. Il remit son bonnet et ses lunettes à la hâte, et retourna dans la gigantesque cheminée en pierre pour essuyer les parois couvertes de suie.

— Bérénice, Kiki, venez par ici, je veux voir votre maquillage, ordonna la voix d'une femme derrière la porte.

En entrant dans le petit salon un peu plus tôt, Mark était passé par la cuisine et il avait pu apercevoir brièvement l'agitation dans le hall d'entrée : un troupeau de curieux et de prétendantes pleines d'espoir qui ne rêvaient que d'assister au retour du héros victorieux. Ils s'imaginaient sans doute qu'ils avaient l'air discret, tous entassés devant la porte à guetter l'arrivée du fils de millionnaire.

La femme entra et referma la porte derrière elle, étouffant les bruits de pas et les éclats de voix de l'entrée. Mark se remit à l'ouvrage. Un coup d'éponge, on rince, et on recommence. Il n'eut pas besoin de tourner la tête pour savoir qu'il s'agissait de madame Fanderel et de ses

1

deux filles. Madame Fanderel était la sœur du propriétaire de l'hôtel, ce qui – selon elle – lui donnait tous les droits.

— Rapprochez-vous de la fenêtre, la lumière est bien meilleure.

Sa voix nasillarde avait le don de lui hérisser le poil.

— Mais maman, geignit Bérénice, il est *là*, ajouta-t-elle en chuchotant avec exagération.

Elle était très jolie, mais elle passait tellement de temps à se plaindre que son visage était perpétuellement figé dans une expression de mécontentement.

Mark sentit leurs yeux se poser sur lui comme des insectes indésirables, et continua de frotter sans leur prêter attention.

— Qui ? Cendres ? Ignorez-le voyons. Maintenant tournez-vous vers la lumière et montrez-moi vos visages.

Mark leur jeta un coup d'œil discret par-dessus la table qui trônait au milieu du salon. Madame Fanderel tenait le visage de Bérénice entre ses mains et lui essuyait les joues. Il détourna le regard et tomba sur celui de Kiki, qui l'observait en souriant malicieusement. La petite blondinette lui fit un clin d'œil, et il dut se retenir pour ne pas lui sourire en retour. Elle était vraiment mignonne, et puis elle avait l'air tellement plus gentille que le reste de la famille.

— Très bien Bérénice, remets du rouge à lèvres et tu seras prête ma chérie, ordonna madame Fanderel avec un geste mou du poignet. Kiki viens ici, c'est ton tour.

— Eh euh evrait ême ah ere là, baragouina Bérénice la bouche entrouverte en redessinant le contour de ses lèvres avec un pinceau.

Elle s'admira dans le miroir en faisant la moue, puis se tourna vers sa mère pour lui montrer le résultat.

— C'est moi l'aînée, ajouta-t-elle. J'ai la priorité.

— On ne sait pas quel est son type de femme, rétorqua madame Fanderel imperturbable, en brossant les cheveux de Kiki. Tu ne voudrais quand même qu'il épouse quelqu'un d'une autre famille ? Si Kiki lui plaît, il épousera Kiki, un point c'est tout.

Kiki essayait en vain de se dégager d'entre les mains de sa mère en se tortillant.

2

— Non, non, Bérénice a raison. Elle veut l'épouser, moi pas. Elle est l'aînée et elle a bien plus de chances de plaire au Prince. Je vais monter dans ma chambre, vous n'avez qu'à aller le rencontrer sans moi.

Sa mère resserra ses doigts autour du bras de Kiki.

— Il s'agit de l'une des plus riches familles du pays et le Prince Ashton est réputé pour être extrêmement séduisant, arrête de te comporter comme si on t'envoyait à une mort certaine.

— Je ne tiens pas à me marier tant que je n'aurais pas fini mes études, je te l'ai déjà dit. Et même après mon diplôme, je ne suis pas certaine d'en avoir envie.

— Pour l'amour du ciel Kiki, avec tout l'argent qu'il possède tu pourrais aller étudier la musique sur une autre planète si l'envie t'en prenait. Tu vas me faire le plaisir d'afficher ton plus beau sourire, de bien te comporter, et si le prince te choisit, alors tu l'épouseras sans poser de questions, est-ce que je me suis bien faite comprendre ?

Bérénice lança un regard mauvais dans la direction de Mark.

— Maman, la soubrette nous écoute, tu ne crois pas qu'on devrait parler de ça à un autre moment ?

Madame Fanderel le toisa brièvement.

— C'est inutile, cette discussion est close. Je suis certaine que Cendres vous souhaite de trouver le bonheur avec le Prince. Après tout, il travaille ici, et il sait pertinemment que son futur dépend du bien-être de notre famille.

Mark se contenta de continuer à nettoyer la cheminée sans faire de commentaire.

— Assurez-vous de sortir par la cuisine lorsque vous aurez fini, Cendres. Je ne tiens pas à ce que les invités vous voient dans cet état.

— De toute façon, même couvert de cendres, il est plus beau que nous trois réunies, gloussa Kiki.

Mark écarquilla les yeux. Mais qu'est-ce qu'il lui prenait de dire des choses pareilles ? Madame Fanderel lui lança un regard dégoûté en poussant ses filles hors de la pièce.

— Enfin Kiki, aurais-tu perdu l'esprit ? Ce n'est qu'un adolescent maigrichon, et un homosexuel de surcroit. Quelle personne saine d'esprit le trouverait beau ?

Bérénice lui lança un étrange regard, puis elles disparurent toutes les trois comme elles étaient venues.

Mark lâcha son éponge, qui retomba dans le seau en l'éclaboussant. Fantastique. Il allait encore s'amuser à laver son pantalon. Il s'accroupit dans l'âtre, la tête baissée, le cœur battant. Le pire dans tout ça, c'était qu'elle avait raison. Son avenir dépendait entièrement des bonnes dispositions de leur famille. Il avait besoin de cet emploi, aussi insupportable et difficile soit-il au quotidien. Les clients de l'hôtel étaient invariablement des gens très riches, et avec un petit verre dans le nez, ils pouvaient aussi se montrer très généreux. Les femmes de chambre le trouvaient étrange, mais elles l'aimaient bien, et elles appréciaient qu'il fasse les tâches les plus ingrates sans rechigner, alors elles lui avaient donné des conseils sur la manière d'obtenir des pourboires. Elles appréciaient sans doute également qu'il ne passe pas son temps à les draguer.

Il avait déjà économisé près de mille dollars depuis qu'il avait commencé. Il n'achetait presque pas de nourriture, se contentant des deux repas proposés aux employés par l'hôtel. Il n'aurait jamais pu économiser autant s'il avait dû payer son propre loyer. Il avait accepté d'occuper la petite pièce sous les combles, ce qui lui offrait une certaine intimité, et même assez de place pour dessiner. Il n'avait pas beaucoup de temps à lui, et les nuits étaient très courtes, mais s'il travaillait dur et qu'il faisait profil bas, tout irait bien. Il ne devait surtout pas se faire remarquer. Il savait très bien ce qui se passerait s'il se faisait remarquer.

Il se redressa et recula de quelques pas. Il restait des traces à un endroit. Il plongea de nouveau son éponge dans l'eau trouble et entendit la porte se rouvrir. Tous ses muscles se tendirent et il se tourna, prêt à devoir affronter de nouveau madame Fanderel et ses filles, mais ne découvrit qu'un étrange petit homme, vêtu d'un incongru costume trois-pièces vert. Le petit homme fit quelques pas dans la pièce en titubant, comme s'il ne tenait pas sur ses jambes.

— Puis-je vous aider Monsieur ? demanda Mark en avançant instinctivement vers lui, de peur qu'il s'écroule sur le sol.

— Oui, s'il vous plaît. Est-ce que je pourrais m'asseoir quelque part ?

Mark s'essuya les mains à la hâte, avant de tirer l'une des dispendieuses chaises tapissées de tissus carmin qui se trouvaient autour de la table.

— Asseyez-vous, je vous en prie, l'invita-t-il en l'aidant à s'installer.

Il aurait sans doute pu le porter si besoin était, l'homme devait à peine mesurer plus d'un mètre cinquante. Il avait d'étranges yeux gris, des petites lunettes à monture invisibles, une chemise blanche très classe avec des boutons de manchettes, et une fleur rouge vif à la boutonnière de son incroyable costume émeraude. Un vrai petit dandy.

— Merci infiniment, la foule était extrêmement dense. Je me suis retrouvé coincé entre une maman déterminée et ses trois adolescentes, j'ai bien cru que les vapeurs de parfum allaient m'asphyxier.

Mark ne put s'empêcher de sourire malicieusement.

— Une véritable jungle, pas vrai ?

Le petit homme s'éventa d'un geste rapide de sa main, tout en se laissant aller contre le dossier de la chaise.

— Je suis très admiratif de leur détermination et de leur stratagème. Attendre le prince, tous entassés dans le hall d'entrée, c'est tellement subtil. Lol, comme on dit de nos jours.

Mark ne dit rien, mais il n'en pensait pas moins. L'homme cessa de s'éventer, et à la place, lui tendit la main.

— Carstairs Pennymaker, se présenta-t-il.

— Oh. Euh… Mark. Mark Sintorella, mais je préfère ne pas vous serrer la main, je viens juste de nettoyer la cheminée.

— Ne sois pas ridicule mon garçon, je ne me tache jamais.

Il attrapa la main droite de Mark d'une main, et referma l'étreinte en ajoutant l'autre par-dessus. D'ordinaire, Mark aurait trouvé cela déconcertant, mais venant de cet étrange petit homme, c'était presque naturel.

— Vous faut-il quelque chose Monsieur ? Un verre d'eau ?

— Ce ne sera pas nécessaire, je me sens déjà beaucoup mieux, tu as été extrêmement bienveillant.

— Je devrais retourner travailler alors, s'excusa poliment Mark en reculant.

— Et manquer l'arrivée de Sa Majesté ?

— Je n'ai pas le droit de me présenter dans le hall dans cette tenue, expliqua-t-il en indiquant sa chemise couverte de trace de suie. On vient d'ailleurs tout juste de me mettre en garde, ajouta-t-il, rieur.

— Allons, allons, il n'y a là rien d'irrémédiable. Un petit coup d'eau sur le visage, une chemise propre et on n'en parle plus. Quand à cette mise en garde, ne t'en fais pas, je suis un excellent client de l'hôtel, j'ai besoin d'aide pour regagner ma chambre et pour m'assister je choisis…

Il fit mine de parcourir la pièce du bout de son index, avant de désigner Mark.

— Toi !

— Mais, la cheminée, protesta faiblement Mark en indiquant derrière lui.

— Elle me semble impeccable, regarde par toi-même, répondit Monsieur Pennymaker en l'invitant à se retourner.

Mark obéit et fut surpris de constater que, dans la lumière dorée de fin d'après-midi, la cheminée avait en effet l'air plus propre que jamais.

— Très bien alors, si vous avez besoin d'aide, je suis à votre service.

— C'est très aimable à toi. Je vais encore rester assis là quelques instants, le temps de reprendre mes esprits et le temps que tu ailles te débarbouiller en cuisine, puis nous nous éclipserons.

— Si vous préférez, je peux nous faire passer tous les deux par la cuisine pour rejoindre votre chambre, ça vous évitera un nouveau bain de foule.

Le visage du petit homme se fendit d'un large sourire.

— Et manquer le spectacle ? Certainement pas.

Mark alla se rincer le visage. Les préparatifs pour le dîner battaient déjà leur plein, et il avait bien l'intention d'entrer et sortir de cuisine avant de se faire remarquer.

— Où est-ce que tu te crois Sintorella ? Tu n'es pas dans ta salle de bain !

Trop tard. Mark essuya son visage, remit ses lunettes et se redressa lentement sans oser se retourner immédiatement. Il avait reconnu la voix du Sous-chef, Richard-le-bâtard, comme tout le monde l'appelait dans son dos.

— Je suis désolé, un des clients de l'aide m'a demandé mon aide. Je devais d'abord me nettoyer.

Mark l'entendit se rapprocher, jusqu'à ce qu'il puisse sentir sa respiration nerveuse contre sa nuque. Ce type lui filait les jetons.

— Ce n'est pas ton travail, et ma cuisine n'est pas une suite parentale.

— Ce n'est peut-être pas mon travail, Monsieur, mais le client a insisté pour que je l'aide personnellement. Et il m'attend.

Il y eut un long silence, durant lequel Mark se fit violence pour ne pas frissonner sous le souffle tout proche du Sous-chef.

— Allez, sors d'ici. Et que je ne te reprenne plus à faire tes ablutions dans ma cuisine !

— Merci Chef.

Mark se précipita hors de la cuisine en jetant en boule sa chemise dans le chariot de linge sale à la sortie. Le tee-shirt qu'il portait en dessous n'était pas très habillé, mais il avait peint le design dessus lui-même, ce qui lui donnait un certain style. Il ne lui restait plus qu'à raccompagner monsieur Pennymaker jusqu'à sa chambre.

En arrivant à la porte du petit salon, il prit une grande inspiration. Avec un peu de chance, le prince était déjà arrivé. Il n'avait aucune envie de traverser le hall et d'être témoin de l'arrivée en fanfare d'Ashton Armitage. D'accord, c'était un mensonge éhonté. Il était tout aussi fasciné que le reste de la plèbe. Pour les petites gens comme lui, le prince était presque un extraterrestre. Mark ne pouvait même pas imaginer vivre une vie dans tant d'opulence. Il avait vécu dans la rue pendant des mois après avoir été mis dehors par ses parents, parce qu'il était gay. À cette époque, il avait souvent dû faire un choix entre acheter à manger ou acheter du tissu pour ses créations. Bien souvent la priorité allait au tissu. Après tout, c'était sa passion.

Il réajusta soigneusement son bonnet sur sa tête et entra dans la pièce. Monsieur Pennymaker ronflait doucement sur sa chaise. Peut-être qu'il n'aurait pas à l'accompagner dans le hall après tout.

— Monsieur ? appela Mark en se raclant poliment la gorge.

Le petit homme ouvrit immédiatement ses yeux gris, comme s'il n'avait jamais été endormi.

— Prêt à affronter la cage aux lions ? demanda-t-il enjoué. Après cette petite sieste, je me sens plus prêt que jamais.

— Le prince est peut-être déjà arrivé.

— Pas sans m'attendre, il n'aurait pas osé.

— Je vous demande pardon ?

— Je plaisante, mon garçon. Mais je suis persuadé qu'il n'est pas encore là. Viens, allons vérifier par nous-mêmes.

Il bondit de sa chaise et se dirigea jusqu'à la porte qui donnait sur le hall à une vitesse alarmante pour un homme avec de si petites jambes. Il était difficile d'imaginer qu'il était au bord de l'évanouissement quelques minutes plus tôt. Mark se précipita sur ses talons.

Juste avant d'ouvrir la porte, monsieur Pennymaker se retourna et lui lança :

— Au fait, très joli tee-shirt. C'est toi qui l'as fait ?

— Oui ? répondit Mark incertain.

— On croirait presque un vêtement de créateur.

Un sourire immense illumina le visage de Mark. La confection de ce tee-shirt lui avait pris des heures, et il était rare que qui que ce soit complimente son travail.

Une fois de l'autre côté de la porte, la chaleur insupportable de la foule compacte les enveloppa immédiatement. Monsieur Pennymaker se faufila entre les corps serrés en jouant des coudes, et Mark le suivit tant bien que mal, jusqu'à ce qu'ils se retrouvent au premier rang, juste devant l'entrée. Les gens autour d'eux leur lançaient des regards assassins. Mark était mortifié.

— Monsieur, vous avez l'air d'aller beaucoup mieux, je pense que je devrais maintenant vous laisser et retourner à mon poste.

— C'est hors de question mon garçon, je compte bien me faire remarquer avec toi et ton splendide tee-shirt à mes côtés. Et puis je parie que secrètement, toi aussi tu meurs d'envie de le voir, pas vrai ?

— Pas vraiment non, ça m'est égal, répondit-il vaguement en tirant sur son tee-shirt et en se demandant pourquoi le petit homme y prêtait tant d'attention.

Carstairs pencha la tête sur le côté, l'air songeur. Avec son costume vert et son air malin, il faisait penser à Mark à un farfadet.

— Allons, allons, pas de bobards, même à soi-même jeune homme, admonesta-t-il gentiment.

Ce n'est pas un bobard, songea Mark indigné. Il se fichait bien de voir le prince.

Les chuchotements de la foule s'intensifièrent, et quelques personnes se mirent même à crier.

— Le voilà !

— J'ai vu la voiture se garer !

— Ça y est je le vois !

Cette dernière remarque s'accompagna d'un cri d'enthousiasme perçant. Quelqu'un bouscula Mark et une femme donna un coup de sac à main dans la tête de monsieur Pennymaker en se précipitant devant lui. Mark se décala aussitôt pour protéger son client farfadet, en écartant largement les bras pour forcer les gens à le contourner. Un homme à la carrure impressionnante les bouscula sans faire attention.

— Monsieur s'il vous plaît, regardez un peu où vous allez.

L'homme lança à Mark un regard courroucé, mais il recula.

— Oh mon Dieu !

— Il est tellement beau !

— Regardez !

Mark s'échina sans relâche à repousser les gens, essentiellement des femmes, avant qu'elles n'écrasent le petit homme, et lorsqu'il baissa les yeux pour s'assurer qu'il allait bien, il le trouva en train de lui sourire. Mark lui rendit son sourire, puis monsieur Pennymaker tourna les yeux légèrement vers la droite. Mark suivit son regard et s'immobilisa.

La partie rationnelle de son cerveau savait qu'il n'avait rien à faire là et qu'il ne devrait pas regarder, mais il était impossible de faire autrement. Il était pétrifié, le souffle coupé.

Derrière un garde du corps menaçant et une femme à l'air inquiet, se tenait la perfection incarnée. Grand, mais pas démesurément, mince, mais large d'épaules. Son port de tête était gracieux et sa démarche féline. Il avait les cheveux marron. Non, le mot était trop banal. La lumière de fin de journée jouait à cache-cache entre les mèches châtain cendré de sa chevelure, donnant l'impression qu'un rideau aux reflets d'argent encadrait son visage sculptural. Ashton Armitage retira lentement ses lunettes de soleil, sous le regard médusé de Mark, et plissa les yeux afin de les laisser s'ajuster au changement de luminosité. Il était magnifique.

Un homme s'approcha de lui pour lui souhaiter la bienvenue et se courba légèrement devant lui.

— Bonjour monsieur Armitage, je suis Alan Macintosh, le gérant de l'hôtel. C'est un honneur pour nous de vous accueillir dans notre établissement.

Le prince plissa de nouveau les yeux, en souriant cette fois-ci.

— Les lieux sont splendides monsieur Macintosh, j'ai hâte de séjourner dans votre hôtel.

Oh cette voix. Un véritable chant de sirène. Un chant de sirène alangui, impossible d'y résister.

Le prince regarda autour de lui. Il n'était pas dupe au point de croire que toute la clientèle était rassemblée dans le hall par hasard, mais il eut la délicatesse de se comporter comme si de rien n'était.

— Et que d'animation, je suis certain que mon séjour sera très agréable.

Madame Fanderel fendit la foule et l'interpella sans l'ombre d'une hésitation.

— Bonjour monsieur Armitage, je me présente, je suis Béatrice Fanderel, la sœur de monsieur Marcusi, le propriétaire de l'hôtel. Malheureusement il n'a pas pu se libérer aujourd'hui.

Mark leva les yeux au ciel. Il savait de source sûre qu'elle avait forcé son frère à se cacher dans sa suite parce qu'elle voulait faire les présentations elle-même.

Madame Fanderel fit un geste de main plus ou moins discret dans son dos, et Bérénice émergea à son tour de la foule.

— Mes filles et moi-même… Oh, tiens, justement, voilà Bérénice, mon aînée.

Bérénice lui fit la révérence. Mark ne savait pas s'il fallait rire ou pleurer. Madame Fanderel chercha la foule du regard, trouva rapidement Kiki qui se cachait près d'un pilier et la foudroya du regard. La petite blondinette réprima un soupir évident, puis s'avança à contrecœur. Sa mère offrit un sourire étincelant au jeune et beau monsieur Armitage.

— Et voici Kiki, la plus jeune.

La jeune femme lui tendit la main et le prince la prit avec un sourire qui aurait sans doute tourné la tête à plus de la moitié des femmes présentes. La simple vision de sa dentition parfaite faisait trembler les jambes de Mark. Mais Kiki ne semblait pas particulièrement impressionnée.

— Ravi de faire votre connaissance, Kiki.

Mark ne se lassait pas du son de sa voix.

— Moi de même, sourit Kiki en retirant sa main.

Mark devait le reconnaitre, il admirait son sang-froid, à sa place il se serait sans doute déjà évanoui depuis longtemps.

— Merci pour cet accueil chaleureux madame Fanderel, dit le prince avant de se tourner vers le manager. Si vous voulez bien m'indiquer la réception ?

Le manager pâlit comme s'il venait de proposer d'aider en cuisine.

— C'est inutile votre altesse, tous les détails de votre réservation sont déjà réglés.

Il fit signe au bagagiste de s'approcher et Mark ne put réprimer un pincement de jalousie, il aurait bien aimé être de corvée de bagage ce jour-là.

— Je vous présente Ricardo, il va vous conduire jusqu'à votre suite.

— Merci, monsieur Macintosh, répondit le prince en souriant.

Puis il porta son regard sur la gauche et le cœur de Mark cessa de battre. Bleus, ses yeux étaient bleus. Avait-il rêvé, ou bien s'étaient-il attardés une fraction de seconde sur lui ? Sans doute horrifiés à la vision du maigrichon avec un bonnet et des lunettes de grand-père, rien d'autre. Malgré tout, Mark se sentit fébrile.

Le bagagiste invita le prince et ses accompagnateurs à le suivre jusqu'aux ascenseurs qui les mèneraient à l'aile des clients VIP. Bien entendu, tout dans cet hôtel était géré autour de la hiérarchisation des VIP.

Mark baissa les yeux. Monsieur Pennymaker le regardait avec un sourire narquois. Il se croyait sans doute très malin. Inutile d'être détective privé pour remarquer que le pantalon de Mark était soudain beaucoup trop étroit. Cette journée était un cauchemar. Il ne voulait pas être attiré par Ashton Armitage, il n'avait pas besoin de ça.

11

Trop tard, chantonna une petite voix dans sa tête qui ressemblait à s'y méprendre à celle de Monsieur Pennymaker.

ENFIN, SONGEA Ash en laissant tomber sa tête contre le dossier du canapé. Il était épuisé d'avoir serré autant de main et il avait la mâchoire courbatue d'avoir tant souri. Il offrit un ultime sourire et un signe de main au jeune bagagiste qui les avait accompagnés.

— Merci pour tout Ricardo, la suite est magnifique, je suis certain que nous serons très bien installés.

Son assistante, Véronica « Appelez-moi Ronnie », glissa un billet de vingt dollars au jeune homme, et il disparut aussitôt. Ash poussa un long soupir en massant les muscles entre son pouce et son index. Ronnie se mit à rire.

— Et bien, quelle entrée en scène ! Je ne me souviens pas avoir vu autant de gens depuis que tu as fait la une de Closer.

— Je fais la une de Closer presque tous les mois, remarqua-t-il en se tournant vers elle et en étendant ses longues jambes sur le canapé. J'imagine que j'aurais dû m'y attendre, avec toute cette histoire de mariage. Au moins, l'hôtel est aussi sublime que je l'espérais.

— C'est vrai, reconnut-elle en regardant autour d'elle pour admirer l'élégante décoration classique de la pièce. J'avoue que j'ai eu peur au début quand tu as choisi cet endroit pour trouver une dulcinée, mais au final, il semble qu'au moins tu vivras cette torture dans un cadre confortable.

— Toujours le mot rassurant, Ronnie. Merci.

Elle s'avança jusqu'au canapé, poussa ses jambes contre le fond du canapé et s'assit. Elle ne prenait pas beaucoup de place et pouvait se faufiler presque n'importe où.

— Tu as un choix à faire, Ash.

Oh. Elle ne s'apprêtait définitivement pas à le rassurer. Il replia ses jambes et se redressa pour s'asseoir correctement à côté d'elle.

— Choisir de ne pas me marier et de tirer un trait sur l'héritage, tu veux dire ?

— Tu es intelligent et tu as du talent. Quand tu veux, ajouta-t-elle en levant les yeux au ciel. Tu peux très bien te débrouiller tout seul sans cet argent.

— Rappelle-moi pourquoi je t'ai engagé ? demanda-t-il avec un sourire en coin.

— Parce que tu as besoin que quelqu'un te secoue de temps à autre, mon coco.

— J'aime être riche.

— Ça ne se voit pas.

Il la scruta un long moment. Elle était belle avec ses airs de garçon manqué, son tempérament volcanique et sa perpétuelle expression belliqueuse. Il l'adorait, et elle avait raison. Heureusement qu'elle était là pour le ramener à la réalité. Il pouvait toujours compter sur elle pour lui dire la vérité nue, sans prendre de gants obséquieux. Il fixa son regard déterminé et sentit son estomac se serrer. Elle avait raison : il était riche et malheureux comme les pierres.

— Je ne suis pas certain qu'être pauvre réglerait le problème, remarqua-t-il.

Ses grands yeux sombres soutirent impassiblement son regard.

— Refuser cet argent te permettrait enfin de dire la vérité.

— À quoi bon ? demanda-t-il en haussant les épaules.

— J'espère que tu plaisantes ?

Il quitta le canapé et se dirigea vers le coin cuisine. Il ouvrit le réfrigérateur et y découvrit du champagne, des fraises fraiches recouvertes de chocolat, et de la vodka.

— Je t'offre un verre ? proposa-t-il en se tournant vers le salon.

— Tu as vu l'heure qu'il est ?

— Quelque part dans le monde il est l'heure de l'apéritif, rétorqua-t-il, mais il referma le frigo et attrapa un pot de noix de cajou posé sur le comptoir.

Il se débattit avec le couvercle pendant plusieurs secondes, puis fit tomber dans le creux de sa paume quelques noix, qu'il plaça ensuite dans sa bouche. Un goût de sel lui assaillit les papilles et il grimaça. Ce n'était pas ce qu'il voulait. Il reposa le pot, et partit explorer le reste des placards.

13

— Ash, viens t'asseoir, ordonna gentiment Ronnie en tapotant le canapé à côté d'elle.

Elle le connaissait trop bien. Il la rejoignit en traînant des pieds et se laissa lourdement tomber sur le canapé.

— Arrête de t'apitoyer sur ton sort. Si tu décides de mener cette mascarade jusqu'au bout, fais-le correctement. Enfile quelque chose de présentable et descend charmer tes prétendantes.

— Ça ne sera peut-être pas si terrible que ça. Après tout, je n'ai rien de mieux à faire.

— Si tu le dis.

Une demi-heure plus tard, il rejoignit le hall d'entrée vêtu d'un pantalon de costume noir et d'une chemise à manches courtes. Son garde du corps le suivait de près, mais Ash finit par lui demander de se faire discret. Il ne risquait pas de trouver une femme avec un gorille armé dans son ombre.

Il n'avait pas fait cinq pas dans le hall qu'une femme se présenta à lui.

— Monsieur Armitage, enchantée, je suis Lavinda Oscular, et voici ma fille, Chrissy.

Il sourit. Une première candidate, parfait.

— Enchanté, offrit-il en retour.

Une main sur son épaule attira son attention, et il se retourna pour découvrir une autre femme.

— Bonsoir Ash, je suis Anne Pulkay, j'attends de vous rencontrer depuis très longtemps…

— Oh. Bonsoir.

Très bien, deux candidates. Il pouvait gérer deux candidates, il en était capable.

— Bonsoir, susurrèrent deux voix à l'unisson, suivi d'un double gloussement.

Ash se tourna sur sa gauche et tomba nez à nez avec deux jeunes femmes à l'apparence si identique qu'il doutait fortement qu'elles sachent elles-mêmes qui était qui.

— Je suis Mimi.

— Et moi Lili, voulez-vous jouer à trois ?

Oh mon Dieu. Il avait commis une erreur. Il n'était pas armé pour ça. Il n'allait pas survivre.

— Vous joindriez-vous à nous pour le dîner ?

Qui avait demandé ça ? Ash se retourna vers la voix.

— Ash, pourrions-nous parler en privé ?

Il regarda par-dessus son épaule et constata que deux autres femmes venaient de les rejoindre et qu'un groupe de curieuse, sans doute inquiète de louper quoi que ce soit, se dirigeait vers eux.

La situation devenait terrifiante. Il fit un pas en arrière et heurta une autre personne. C'était Ronnie. Elle l'attrapa par la manche et il se demanda quand et comment elle était arrivée. D'une voix tout juste assez haute pour être entendue par-dessus le brouhaha, elle lui dit :

— Monsieur Armitage, il y a un appel pour vous dans votre chambre.

Les dieux bénissent Ronnie.

— Mesdames, mesdemoiselles, je suis désolé, je vais devoir vous faire faux bond. Mais ce n'est que partie remise.

Ronnie garda un bras rassurant autour de son dos en le raccompagnant jusqu'aux ascenseurs. La cabine s'ouvrit dans un *ding*, et ils entrèrent.

— Appuie sur le bouton pour fermer les portes, vite.

Ronnie appuya compulsivement sur le bouton jusqu'à ce que les portes se referment, et Ash s'appuya aussitôt contre le mur.

— Je n'arrive pas à croire ce qui vient de se passer.

— J'ai pris l'ascenseur juste après le tien, j'avais peur que tu ne reviennes pas intact. Ou pire, que ta chasteté ne revienne pas intacte, ricana-t-elle.

Ash prit une grande inspiration.

— Changement de programme, tu te souviens de cette femme qui nous a salués quand nous sommes arrivés ? Celle avec ses deux filles ?

— Oui, je crois que c'est la sœur du propriétaire.

— La blonde était plutôt mignonne, organise un petit déjeuner avec elle demain matin.

— Ça marche.

— En attendant, je crois que je vais simplement rester terré dans ma suite.

II

MARK N'ARRIVAIT pas à croire que seules quelques heures s'étaient écoulées depuis l'arrivée du prince. Il avait l'impression que cela faisait déjà plus d'une semaine, plus d'une semaine de corvées épuisantes. Après la scène du hall d'entrée, il avait accompagné monsieur Pennymaker jusqu'à la terrasse où l'attendaient des amis, puis il s'était remis au travail. Le chef de l'entretien avait remarqué son absence, et semblait avoir estimé que, puisqu'il avait autant de temps à perdre, il trouverait bien celui de faire quelques corvées de plus. Mark soupira en fermant les yeux. La journée était enfin finie.

Il fallait qu'il avance sur le design de la robe. Il avait quelques heures de libres le lendemain matin, il pouvait au choix dormir un peu, ou se lever et coudre. Mais la question ne se posait pas vraiment, la couture l'emporterait toujours haut la main.

Il attrapa un morceau de velours qu'il avait déniché dans un magasin de tissu, et se laissa tomber sur son petit lit, trop épuisé pour se déshabiller.

Il admira les reflets moirés du bout de tissus gris-brun dans la lumière et repensa malgré lui aux cheveux d'Ashton Armitage et à leur couleur unique. Il caressa doucement le velours et savoura la sensation décadente de cette douceur très particulière. Il se demandait si les cheveux d'Ash seraient aussi doux. Et sa bouche ? Ses lèvres seraient sans doute encore plus douces, à peine perceptibles, mais brûlantes de passion.

Il ferma les yeux et tenta de se remémorer la forme de la bouche du séduisant prince. Sa lèvre supérieure, mince et délicate, et sa lèvre inférieure, charnue et rouge, comme si elle venait d'être embrassée. Il caressa ses propres lèvres d'une main, et entortilla le bout de velours entre les doigts de son autre main. Le glissement du tissu sur la peau sensible entre ses doigts était incroyablement érotique, il évoquait en lui d'autres glissements, d'autres liquides…

Mark se cambra en maudissant la prison de son pantalon. Il défit rapidement le bouton et descendit sa braguette, avant de faire glisser le tissu rigide contre ses hanches. Voilà qui était beaucoup mieux. Il se tortilla et joua des pieds pour le retirer complètement, en même temps que ses chaussettes, et balança le tout sur le sol.

Il caressa son visage avec le morceau de velours, et songea distraitement que s'il ne respectait pas autant le tissu, il s'en serait certainement servi pour se caresser plus bas.

Il se demandait comment seraient les mains d'Ash contre sa peau. Douces sans doute, un homme de sa condition ne se salissait sans doute jamais les mains. *À moins qu'il joue au polo ?* songea Mark amusé. Mmmm des grandes mains rugueuses de cavalier.

Il tendit en bras au bord du lit pour récupérer une des chaussettes qu'il avait balancées. Ce n'était peut-être pas une reconstitution très exacte, mais ça ferait l'affaire. Il baissa son caleçon, et enfila la chaussette sur son sexe tendu, riant malgré lui : il avait l'impression d'être à nouveau un adolescent qui éjaculait dans ses chaussettes pour dissimuler les preuves du crime. À l'époque où sa mère était encore en vie. C'était une mauvaise idée de penser à ça.

Il resserra sa main autour de la chaussette et commença un mouvement de va-et-vient en pensant à Ashton Armitage. C'était une bien meilleure idée. Si seulement le prince était là en personne, il pourrait le délivrer de cette terrible érection qu'il supportait depuis qu'il avait posé les yeux sur lui.

Mark glissa son majeur dans sa bouche pour l'humidifier, puis il se tourna sur le côté et l'inséra en lui. Il ondula du bassin pour l'enfoncer le plus profondément possible, frustré de ne rien avoir de plus volumineux sous la main. Il fallait vraiment qu'il investisse dans un sex toy. Grand et épais, comme le sexe d'Ashton. Il était sûr que le sexe du prince devait être au moins aussi énorme que son portefeuille.

Il accéléra ses va-et-vient, et le mouvement de ses hanches se fit plus pressé, presque erratique. La tête du lit heurta le mur dans un bruit sourd, mais il n'y avait personne pour se plaindre à cet endroit de l'hôtel.

Lorsque son orgasme l'emporta, sa respiration se coupa et des images de soyeux cheveux châtain cendré, de lèvres pulpeuses et de grands yeux bleus, défilèrent derrière ses paupières closes. Il jouit dans la chaussette qu'il garda serrée autour de son sexe pendant de longues minutes, étroite, étroite comme les lèvres du prince, qui l'étreindrait tandis que son érection retomberait et qu'il s'endormirait paisiblement...

AÏE! MARK porta le bout de son doigt à sa bouche. Sa petite chambre sous les toits était si sombre que, même en plein jour, il était difficile de discerner les épingles sur ses créations. Sans doute que ne dormir que quelques heures, ses rêves hantés par un certain prince, et une chaussette sur le sexe, n'aidait pas non plus.

À quoi avait-il pensé ? Réponse : il n'avait pas pensé. Il s'était pris à rêvasser, il avait laissé libre cours à son imagination et à ses fantasmes, et maintenant, il en payait le prix.

Il se recula pour admirer son travail, il devait rester concentré sur le plus important. Il plaça la dernière épingle et hocha la tête. Le résultat lui plaisait. La robe rouge épousait les courbes du mannequin de tailleur de façon sensuelle, mais pas vulgaire. Il passa ses mains sur les flancs du mannequin pour lisser le tissu. C'était un véritable mannequin de tailleur professionnel, il avait beaucoup sacrifié pour se l'offrir. Il l'avait clandestinement monté jusqu'à son minuscule grenier, et le cachait derrière un portant à vêtement durant son absence pour que le personnel d'entretien ne le voie pas. Oh, ils ne monteraient jamais pour faire le ménage ici, mais pour fouiner en revanche, c'était une tout autre histoire.

Cette robe était la pièce idéale pour compléter son book. Il n'avait pas d'appareil photo digne de ce nom pour lui rendre justice, mais il trouverait une solution.

Quelqu'un toqua à sa porte et il sursauta violemment. Jamais personne ne montait le chercher, s'ils avaient besoin de lui, ils criaient habituellement son nom en bas des escaliers. Sa gorge se serra et le visage répugnant de Richard-le-bâtard s'imposa à son esprit. Cette ordure ne se serait quand même pas donné la peine de venir le débusquer jusqu'ici ? Non, il préférait généralement l'isoler et le coincer dans le cellier.

— Qui est-ce ? demanda Mark méfiant.

— Mark, c'est Carstairs. Carstairs Pennymaker.

Le jeune homme écarquilla les yeux. Il se demandait bien pourquoi le petit homme était là. C'était une longue escalade jusqu'à son petit grenier.

— Un instant monsieur Pennymaker, j'arrive !

Il dissimula son mannequin derrière le portant à vêtement et rangea à la hâte son matériel de couture, en croisant les doigts pour que le malin petit elfe ne remarque rien. Il traversa ensuite la pièce en deux petites enjambées et ouvrit la porte. Le motif tartan du costume qu'il portait ce jour-là lui agressa aussitôt les yeux. Monsieur Pennymaker avait indiscutablement un sens du style très particulier, mais Mark devait admettre qu'il le portait bien.

— Entrez je vous en prie, asseyez-vous, l'invita Mark. Vous n'auriez pas dû vous déranger, il fallait me faire appeler.

— Sottises mon garçon, rien de tel qu'une bonne ascension vigoureuse pour commencer la journée, répondit-il en ignorant la chaise en bois que Mark lui offrait pour se diriger droit vers ses vêtements. J'ai besoin que tu me rendes service, expliqua-t-il en fouillant entre les cintres du portant.

— Bien sûr, dites-moi ce dont vous avez besoin, offrit aussitôt Mark, impatient de le faire sortir de là.

Le petit homme se retourna et l'étudia silencieusement.

— Sur quoi travailles-tu en ce moment ?

— Je… Quoi ? Je suis de corvée de cheminées ?

— Je ne te parle pas de ça, et tu le sais très bien, dit-il en se tournant de nouveau vers le portant à vêtements. Ah ! Nous y voilà.

Il écarta brusquement la rangée de vêtements en deux, et passa à travers le portant qui était à peine plus grand que lui. Il posa les mains sur ses hanches et leva les yeux sur la robe rouge qu'il venait de découvrir.

— Parfait, magnifique. Quel talent tu as mon garçon.

— Je vous demande pardon ?

— Tu as un talent inné pour la mode, répéta monsieur Pennymaker avec un immense sourire.

Il se dirigea ensuite vers la chaise d'un pas décidé, et s'assit enfin dessus.

— J'aimerais beaucoup montrer ton travail à quelques-unes de mes connaissances, expliqua-t-il.

— Quel genre de connaissance ?

— Disons des investisseurs potentiels.

Mark se mordit la lèvre inférieure. Il ne fallait pas qu'il s'emballe.

— Vous êtes sérieux monsieur Pennymaker ? Vous travaillez dans le monde de la mode ?

— Oh je travaille dans bien des mondes mon garçon. Et s'il te plaît, appelle-moi Mister P.

— Comment avez-vous su que je créais des vêtements ? demanda Mark en essayant de ne pas avoir l'air trop suspicieux.

— Grâce au magnifique tee-shirt que tu portais la dernière fois, bien entendu, répondit-il avec un geste de main impatient.

— Personne ne vous l'a dit ?

— Qui me l'aurait dit ?

Il avait raison, Mark se montrait inutilement paranoïaque, personne au monde ne savait qu'il aspirait à devenir styliste.

Mr. P. redescendit de sa chaise et s'avança lentement vers la robe pour l'observer plus en détail.

— Sur qui as-tu pris les mesures ?

Mark pencha la tête sur le côté avec une grimace d'incompréhension.

— Pour la robe, qui est ton mannequin ? Qui la portera ?

— Oh, et bien… Moi. Je n'avais personne d'autre à qui demander, et avec ma morphologie ça fonctionne.

— Impeccable. À quelle heure commence ton service ?

— Dans un peu plus d'une heure, à moins qu'on ait besoin de moi avant.

— De mieux en mieux. Enfile la robe, veux-tu ?

— Quoi ? Mais pourquoi ?

— On va faire une petite balade dans l'hôtel. On dira que tu es… ma nièce. Allez maintenant, va me mettre cette robe, le pressa-t-il en le poussant dans le dos.

— Monsieur Penn – je veux dire Mr. P., je crois qu'il y a un malentendu. J'ai créé la robe à ma taille parce que je n'avais pas d'autre solution, pas parce que je suis travesti.

— Je sais bien mon garçon, mais les personnes auxquelles je vais te présenter ont besoin de voir cette robe de leurs propres yeux, on ne peut pas se contenter de leur en parler. Ne t'en fais pas, je garderais ton identité secrète.

— Et si quelqu'un me reconnaissait malgré tout ?

Mr. P. pencha la tête sur le côté et le dévisagea longuement.

— Avec tous les efforts que tu fais pour passer inaperçu ? Ça m'étonnerait fortement. Ton bonnet et tes gigantesques lunettes sont malheureusement très efficaces.

Mark se sentit rougir, ce maudit petit elfe l'avait déjà bien cerné.

— Les gens ne voient que ce qu'ils veulent bien voir, et personne ne s'attend à voir Mark Sintorella dans une robe de soirée rouge. Cesse donc de t'inquiéter, et va m'enfiler cette robe.

Mark se glissa en autopilote derrière le portant à vêtement et referma les cintres derrière lui pour se changer. Une fois en boxer, il s'immobilisa brusquement. Qu'était-il en train de faire ? Était-il vraiment sur le point de risquer son emploi pour satisfaire le caprice d'un client excentrique ?

— Ça y est ? Tu l'as mise ? demanda Mr. P. depuis l'autre côté du portant.

— Je ne voudrais pas paraitre ingrat, mais vous êtes sûr que c'est une bonne idée ? J'ai vraiment besoin de ce travail, je ne peux pas me permettre d'être renvoyé.

— Ne sois pas ridicule. Dépêche-toi, je veux être sûr d'avoir le temps de faire le tour du grand hall et des salles communes, chaque seconde compte.

Mark passa la robe par-dessus sa tête pour l'enfiler, puis sentit le tissu retomber pour épouser parfaitement sa silhouette. Le bas était juste assez évasé pour créer un mouvement fluide et élégant à chacun de ses pas, qui permettait également de dissimuler la courbe de son sexe.

— On risque quand même d'avoir un dernier problème. Je n'ai absolument pas de monde au balcon.

— Fais-moi voir ça.

— Voir quoi ? Je viens de vous dire qu'il n'y avait rien à voir, protesta Mark en sortant de derrière le portant.

Mr. P. l'observa silencieusement.

— Époustouflant. Tu n'as pas besoin de poitrine, beaucoup de femmes n'en ont pas, ce qui ne les empêche pas d'être séduisantes. Pour être honnête avec toi, tes jambes m'inquiètent un peu plus. Fais-moi plaisir, va me raser tout ça.

— Quoi ? Je ne sais pas si…

— J'ai bien l'intention de te faire parader dans l'hôtel plus d'une fois, dis-toi que c'est comme un investissement sur le long terme. Pense à ces sublimes mannequins androgynes qui arpentent indifféremment les podiums féminins et masculins, tu n'as rien à leur envier.

— Mais…

— Il n'y a pas de mais qui tienne, file !

C'est ainsi que Mark se retrouva dans la douche, une jambe levée, un rasoir en main, pour tenter de se débarrasser de ses quelques poils tout en gardant l'équilibre, et sans se couper. Il avait beau être brun et italien, il n'était pas très velu. Son torse était imberbe, et ses joues aussi douces que les fesses d'un bébé. Tout en passant avec précaution la lame contre son mollet, il se demanda quelle mouche l'avait piqué d'accepter. Le petit elfe était visiblement un client important de l'hôtel, et puis s'il y avait une chance pour que ses créations soient remarquées…

Mais il devait garder la tête sur les épaules, rien n'était garanti.

Il sortit de la douche, enfila un boxer propre, coiffa rapidement ses longs cheveux noirs en arrière, et retourna dans sa petite chambre, où l'attendait patiemment Mr. P., la robe rouge entre ses mains.

— Regardez-moi ça, tu as un visage si délicat sous ses infâmes lunettes, et tes cheveux sont vraiment très beaux. Tiens, dit-il en lui tendant le vêtement.

Mark enfila la robe avec des gestes fébriles, et ajusta la fronce du tissu au niveau de sa poitrine, pour créer l'illusion d'un léger renflement.

Mr. P. lui lança un regard admiratif, puis baissa les yeux sur ses pieds.

— Qu'allons-nous bien pouvoir faire pour tes chaussures ?

— Je… J'ai une paire d'escarpins à ma taille dont je me sers pour le tomber des robes et l'ourlet des pantalons.

— Fantastique ! Montre-les-moi.

Mark se tourna vers son coin vêtements pour attraper la paire de chaussures à talon cachée au pied du portant. Trouver des chaussures de femme en 44 n'avait pas été une mince affaire. Il les enfila et se redressa. Les talons de six centimètres lui faisaient des jambes vertigineuses.

— C'est parfait. Tiens, mets ça et tu seras fin prêt, conclut Mr. P. en lui tendant un petit tube doré.

— Qu'est-ce que c'est ?

— Un tube de rouge à lèvres, quelle question ! Essaie-le.

— Vous avez toujours un tube de rouge à lèvres sur vous ?

— Je l'ai acheté dans une boutique au rez-de-chaussée. Essaie-le, dépêche-toi !

— Pour l'amour du ciel, grommela Mark en lui prenant le tube des mains avant de se tenir devant le petit miroir accroché au dos de sa porte.

Il l'appliqua sur ses lèvres avec un pincement au cœur, assaillit par le souvenir de ses sœurs qui pouvaient parfois passer des heures entières à le déguiser en fille, parce qu'elles le trouvaient si mignon. Et dire qu'à présent, leur tante les accusait de l'avoir rendu gay.

Il recula en frottant instinctivement des lèvres l'une contre l'autre pour étaler le produit de manière égale, et leva les yeux pour contempler son reflet. Le résultat parvint à le surprendre. Il ressemblait vraiment à une fille, et à une jolie fille, avec ses yeux noirs et brillants bordés de cils immenses, son petit nez et ses lèvres pulpeuses peintes en rouge. Le rideau soyeux de ses cheveux d'ébène encadrait gracieusement son visage. Les mêmes cheveux que sa mère, songea-t-il avec mélancolie.

— Tu dépasses toutes nos espérances mon garçon, regarde-toi un peu, tu es splendide. La prochaine fois nous ajouterons du mascara, mais nous n'avons plus de temps aujourd'hui. Allons-y.

— Où allons-nous exactement ? s'enquit Mark, la voix légèrement chevrotante.

Mr. P. le prit galamment par le bras et le conduit hors de la chambre, jusqu'au seuil du petit escalier étroit en bois vermoulu qui descendait du grenier.

— Nous allons prendre l'ascenseur et descendre jusqu'au hall d'entrée. Ton nom est Mariel et tu es ma nièce. Tu vis en ville, mais tu es venu me rendre visite.

Mark s'arrêta brusquement et déglutit.

— Je ne vais pas y arriver, je ne saurais pas quoi dire si on m'adresse la parole.

— Je ferais en sorte que tu n'aies pas à faire la conversation.

Mark tira sur son bras avec insistance, nerveux et indécis.

— Je ne comprends pas pourquoi vous faites tout ça ! Qui êtes-vous exactement ?

Monsieur Pennymaker éclata de rire.

— Pense à moi comme à ta marraine la bonne fée, répondit-il malicieusement.

III

— VOTRE TRAVAIL à l'air fascinant Bérénice, sourit Ashton en levant les yeux vers la jeune femme brune en face de lui, tout en servant une tasse de café à sa mère.

Il y ajouta un nuage de lait avec adresse, sans jamais quitter sa fille des yeux. Madame Fanderel sourit, charmée, et Ash s'auto congratula intérieurement. Le rôle du playboy millionnaire aux bonnes manières marchait à tous les coups. Avec son charme naturel et cette invitation à petit-déjeuner, il les tenait déjà dans la paume de sa main. Bérénice se pencha plus ou moins discrètement pour lui offrir une vue directe sur son décolleté plongeant.

— Merci. Il va sans dire que je cesserais mon activité professionnelle lorsque j'aurais des enfants. Je pense sincèrement qu'être mère est le plus beau métier qu'une femme puisse exercer, vous n'êtes pas d'accord ?

Il s'apprêtait à répondre par une plaisanterie légère, mais changea d'avis au dernier moment.

— Je pense qu'une femme devrait pouvoir décider de son avenir, comme les hommes, sans que la société, le gouvernement, ou qui que ce soit d'autre, n'ait son mot à dire.

Ash grimaça. Le ton de sa voix était peut-être un peu sec. Kiki, qui ne lui avait pas prêté la moindre attention depuis qu'elle avait pris place à table, lui lança un regard intrigué.

— Qu'est-ce que vous faites dans la vie monsieur Armitage ? demanda-t-elle en penchant la tête sur le côté.

Ash sourit et haussa les épaules.

— J'ai une Licence en Économie et un Master en Gestion de l'Université de Wharton, mais pas l'ombre d'une aspiration professionnelle. Je ne suis rien de plus qu'un insupportable parasite financier qui vit aux crochets de sa famille fortunée, plaisanta-t-il avec humilité. Et je vous en prie, appelez-moi Ash.

25

— Petit plaisantin, gloussa madame Fanderel en portant sa serviette à sa bouche.

Kiki en revanche, fronça les sourcils et replongea le nez dans son menu. Ash n'était pas habitué à ce que cette petite tirade ne fonctionne pas, mais il était évident que Kiki y était insensible.

— Et vous Kiki ? Dites-moi tout, qu'est-ce que vous faites ?

Elle redressa lentement la tête et l'épingla de son regard bleu pâle, brillant d'intelligence.

— J'étudie la musique. La clarinette pour être exacte. Je termine mon diplôme cette année.

— C'est une très belle discipline, j'adorerais vous entendre jouer, déclara-t-il sincèrement.

Elle haussa un sourcil dubitatif et retourna à sa lecture. Elle allait être beaucoup plus difficile à charmer que les deux autres.

Le serveur s'approcha de leur table pour prendre leurs commandes.

— Qu'avez-vous choisi Béatrice ? demanda Ash en souriant.

Quelqu'un lui tapota légèrement l'épaule et il se retourna pour découvrir Ronnie.

— Je suis désolée de t'interrompre Ash, mais ton père vient d'appeler. Je lui ai dit que tu prenais le petit-déjeuner avec deux, pardon *trois*, charmantes jeunes femmes. Il a insisté pour que tu le rappelles aussitôt après.

— Merci Ronnie. Je te présente Béatrice Fanderel et ses deux filles, Bérénice et Kiki.

— Quels prénoms… originaux.

Kiki releva brusquement la tête et lui offrit un sourire malicieux, le premier depuis qu'elle était descendue le matin. Elle se leva de son siège et tendit une main à Ronnie.

— Erika Fanderel, ravie de faire votre connaissance.

— Ronnie Morgan, femme à tout faire.

Bérénice prit une expression choquée, mais Kiki éclata de rire. Ronnie lui serra la main. Les deux jeunes femmes offraient un contraste fascinant. Les courts cheveux blonds peroxydés de Ronnie, son look garçonne composé d'un jean slim et d'une veste en cuir noir, étaient diamétralement opposés aux longues boucles caramel, aux yeux de biche et à la robe ultra féminine de Kiki. Mais Ash avait l'intuition qu'elles étaient bien plus semblables qu'il n'y paraissait, toutes les deux franches, honnêtes, et difficiles à berner.

Il tourna de nouveau son regard vers Kiki. Elle était peut-être la bonne, Ash pouvait s'imaginer marié avec elle. Mais c'était une chose cruelle à faire subir à une jeune femme.

Kiki tira la chaise à côté d'elle de sous la table.

— Vous joindrez-vous à nous pour le petit-déjeuner ? demanda-t-elle à Ronnie.

— C'est gentil, mais non, répondit cette dernière en secouant la tête. Il faut que je retourne travailler. Ash, je te retrouve plus tard dans la matinée et... oh mon Dieu !

Ash leva les yeux de son omelette pour découvrir ce qui avait autant choqué Ronnie et sentit sa mâchoire tomber. Il n'arrivait pas à croire ce qu'il voyait. Est-ce que cette femme était réelle ? Est-ce que l'homme à son bras était réel ? L'étrange couple qui venait d'entrer dans l'immense salle à manger avait l'air tout droit sorti d'un conte de fées. L'homme était minuscule, il portait un costume trois-pièces à motif tartan, une rose blanche accrochée à sa boutonnière. Quant à la femme, Ash ne trouvait pas les mots pour la décrire. Elle était sans doute la créature la plus sublime qu'il avait vue de sa vie. Elle devait facilement mesurer plus d'un mètre quatre-vingt, et elle portait une longue robe en soie rouge qui épousait ses courbes androgynes. Sa magnifique chevelure d'ébène tombait en cascade sur ses épaules osseuses et encadrait son énigmatique visage. Des pommettes saillantes, une paire de lèvres pulpeuses, une mâchoire définie et deux grands yeux noirs, bordés de cils interminables. Elle se mouvait à travers la pièce avec la grâce hésitante d'un jeune faon qui apprend à marcher. Elle avait des jambes interminables, et la simple pensée de ces longues jambes enroulées autour de sa taille donnait chaud à Ash. Peu de femmes lui faisaient de l'effet, mais celle-ci... Celle-ci était différente.

Le petit homme et elle défilaient à travers la pièce comme s'ils étaient sur les Champs-Élysées, en prenant tout leur temps, conscient des nombreux regards qu'ils attiraient. Il échangea quelques mots avec certains des autres clients de l'hôtel, mais la jeune femme semblait beaucoup plus réservée, l'air pensif, presque égaré.

27

— Qui diable est cette fille ? demanda Bérénice en fronçant les sourcils.

Béatrice suivit attentivement le couple des yeux, jusqu'à ce qu'ils quittent la salle à manger pour sortir sur la terrasse.

— Je reconnais cet homme, je l'ai déjà croisé, mais sa compagne ne me dit rien.

— Monsieur Pennymaker, les informa Kiki en souriant. Il a des manières absolument charmantes. Et cette jeune femme est tout simplement divine.

— C'est le moins qu'on puisse dire, acquiesça Ronnie. Je me demande qui elle est.

— C'est ce que j'ai bien l'intention de découvrir, conclut férocement Béatrice en se levant comme si elle allait au combat.

— Vous pouvez lui faire confiance, sourit malicieusement Kiki en portant sa tasse de café à ses lèvres. Elle aura la réponse avant tout le monde, ajouta-t-elle en lançant un regard à Ash.

Essoufflé et encore à demi pétrifié de peur, Mark gravit à toute vitesse les marches qui conduisaient à sa petite chambre sous les combles. Il frotta nerveusement ses bras nus pour tenter d'atténuer la chair de poule. Il espérait sincèrement que personne ne l'avait vu monter. Si on le reconnaissait dans cette tenue, il risquait d'avoir de sérieux problèmes.

Il se glissa discrètement dans la pièce et referma rapidement derrière lui en s'appuyant aussitôt dos contre la porte. Il se força à respirer calmement. Mister P. l'avait fait parader autour de l'atrium, à travers les jardins, au bord de la piscine, et dans des pièces que Mark lui-même ne connaissait pas. Il jeta un coup d'œil rapide à son réveil. Il allait être en retard pour son service. Il retira la robe à la hâte, la replia soigneusement et la dissimula sous une pile de vêtements. Le rouge unique du tissu était trop reconnaissable, il ne pouvait plus prendre le risque de la laisser à la vue de tous sur le mannequin. Il sauta dans son jean, enfila le premier tee-shirt qui lui tomba sous la main et la chemise de son uniforme, puis il se précipita vers la porte.

Au moment de tourner la poignée, il croisa son reflet dans le miroir. Il avait failli oublier ses cheveux lâchés. Il attrapa le bonnet et la paire de lunettes sur sa table de nuit, et essuya rapidement les restes de rouge à lèvres avec un mouchoir. Il avait réussi à convaincre son employeur qu'il couvrait ses cheveux pour des raisons religieuses. Il savait qu'il aurait été plus simple de les couper, mais sa mère les avait toujours aimés longs, et en les gardant, il avait l'impression d'honorer sa mémoire et de garder un petit peu d'elle avec lui.

Il se jeta ensuite dans les escaliers, manquant presque de dégringoler sur les dernières marches et s'obligea à ralentir. Ça ne l'avancerait à rien de se casser quelque chose maintenant. Il se dirigea vers la salle du personnel au petit trot, en rasant les murs, réconforté par son habituel anonymat. Traverser l'hôtel en se faisant passer pour la nièce de Mister P. l'avait profondément décontenancé. Il était peut-être gay et parfaitement conscient des innombrables clichés qui allaient avec, mais il était définitivement mâle. Les gens l'avaient traité différemment en fille, leurs regards plus acérés, et leurs oreilles moins concentrées.

Mister P. lui avait assuré que sa robe avait été remarquée par les gens qu'il fallait, mais Mark restait sur la réserve. Certes, l'espoir faisait vivre, mais il n'en avait pas des quantités illimitées, et il préférait l'utiliser intelligemment. Monsieur Pennymaker était gentil et prévenant, Mark était sincèrement touché par son attention, mais il ne pouvait pas se permettre de compromettre tous ses projets pour quelques belles paroles. Le mieux à faire était de continuer à travailler dur et d'économiser pour l'école. Sur cette dernière pensée, il accéléra le pas.

Le moment le plus étrange de sa petite parade avait été d'apercevoir le prince, attablé avec un harem de jeunes femmes. L'entrée en scène de « Mariel » avait fait son petit effet. Jamais il n'oublierait le regard que lui avait lancé Ashton Armitage, comme s'il s'était trouvé ensorcelé à sa simple vue. Mark aurait donné cher pour que ce regard soit adressé au véritable lui, mais il avait suffi de ce simple coup d'œil pour faire réagir son entrejambe. Ce qui n'était pas idéal quand on était affublé d'une robe aussi près du corps. Le prince était tellement séduisant, Mark peinait à se contrôler chaque fois qu'il le voyait. Il se prenait à rêver que ses cheveux cendrés glisseraient entre ses doigts comme de la soie argentée...

Le jeune homme prit une grande inspiration et poussa enfin la porte de la salle du personnel. Il était temps de redescendre sur terre, il avait rendez-vous avec les toilettes et les cheminées de l'hôtel. Voilà qui devrait suffire à calmer son entrejambe.

DE RETOUR dans sa chambre, assis sur l'un des bras du gigantesque canapé style Empire, Ash tenait son téléphone à une bonne dizaine de centimètres de son oreille, laissant son père déblatérer. Il le ramena contre sa joue en levant les yeux au ciel.

— Je sais ce que vous attendez de moi père.

— Si je pouvais changer les règles, je le ferais Ash, tu sais que je le ferais.

— Vous êtes le chef de famille, est-ce que vous n'êtes pas censé définir les règles ?

— C'est du testament de ton grand-père dont nous sommes en train de parler, et il a été très clair sur le sujet : pas de mariage, pas d'héritage. C'était une tradition extrêmement importante pour lui.

Ash éclata de rire.

— Tellement importante qu'il s'est senti obligé de la respecter quatre fois.

— Nous avons déjà parlé de ça.

— Je sais. Il m'aimait et il ne souhaitait que mon bonheur.

— J'espère que tu n'en doutes pas.

— Bien sûr que non, voyons.

— Tant mieux, alors respecte son choix.

— Je le ferais, c'est promis, soupira Ash. J'ai rencontré une jeune femme très intéressante d'ailleurs aujourd'hui.

— C'est une excellente nouvelle, fiston, comment s'appelle-t-elle ?

— Pourquoi ? Vous voulez mener l'enquête ?

Le silence à l'autre bout du fil était plus éloquent qu'une réponse verbale.

— Ne vous donnez pas cette peine, il s'agit d'Erika Fanderel, la fille de la sœur du propriétaire de l'hôtel.

— Marcusi ? Un nouveau riche.

— Oui et bien étant donné les circonstances, j'estime que mieux vaut de l'argent nouveau que pas d'argent du tout. Et je viens seulement de la rencontrer, je vous prierais d'attendre un peu avant d'envoyer les invitations de mariage.

— Je n'attendrais pas indéfiniment. La date limite imposée par ton grand-père arrive à grands pas, et ta mère et moi partons pour Zurich très bientôt. Ça fait des années que tu connais les termes du testament de ton grand-père, et nous avons été très patients avec toi. Il te reste exactement deux semaines Ash, il n'y aura pas de délais supplémentaires. Je veux un certificat de mariage dans deux semaines ou bien ton héritage ira à une association caritative. Personnellement, je préfèrerais que cet argent te revienne. Tu ne peux pas compter uniquement sur tes éventuels revenus si tu reprends l'entreprise, c'est un trop gros risque financier.

— Je ne sais pas pourquoi l'argent devrait être un problème, ce n'est pas comme si vous en manquiez.

— Tu crois vraiment qu'il te restera grand-chose quand ta mère en aura fini avec ma fortune ?

Seize demeures et un dressing de la taille d'un petit pays, autant être lucide.

— Probablement pas, admit Ash.

— Cet argent est à toi Ash, si tu le veux vraiment, tout ce que tu as à faire c'est te marier. Marie-toi, ou prends ton avenir en main. Tu serais parfaitement capable de te débrouiller tout seul contrairement à ce que tu essaies de faire croire. Mais quel que soit ton choix, je t'en prie fais-le vite, et donne-moi des nouvelles.

— C'est promis, père.

Il raccrocha et se laissa tomber en arrière sur le canapé. Ronnie sortit du bureau au même moment.

— Encore le même discours j'imagine ? demanda-t-elle distraitement.

— Plus ou moins, répondit Ash en poussant un long soupir. Il voulait me faire savoir que mère et lui partent bientôt pour Zurich. Je dois me marier avant leur départ ou bien je peux tirer un trait sur mon héritage.

— Tu as d'autres options que le mariage.

— Je sais, c'est aussi ce que mon père m'a dit.

— Alors arrête de te lamenter et songes-y sérieusement.

Ash se passa une main sur le visage.

31

— Le plus ridicule dans tout ça, c'est que mon grand-père n'a jamais voulu me priver de cet argent. Il ne pouvait pas savoir que la condition du mariage serait un obstacle pour moi. Jamais il ne lui serait venu à l'esprit que je pourrais ne pas vouloir d'une femme.

— Pourquoi ne pas simplement dire la vérité à tes parents ?

— Hors de question. Si je décide d'épouser quelqu'un pour toucher l'héritage, je refuse de lui faire subir cette humiliation, nous serons les seules personnes au courant.

— Tu auras vingt-cinq ans dans moins de quinze jours, lui rappela Ronnie en s'asseyant dans le fauteuil en face de lui. C'est l'âge limite que t'as imposé ton grand-père. Ça nous laisse très peu de temps pour organiser une cérémonie.

— Je n'arrive pas à croire qu'on parle de cérémonie alors que je n'ai même pas choisi de fiancée.

— Je t'ai entendu mentionner la fille Fanderel, tu l'aimes bien ?

Le ton de sa voix était étrange, comme chargé de tension. Est-ce que Ronnie avait une objection contre Kiki ?

— Oui, je l'apprécie, elle a l'air plus maligne que les autres. Tu n'es pas d'accord ?

— Je n'ai pas à être d'accord ou pas, je l'ai croisé pendant quelques minutes à peine. Tu es sûr qu'il ne s'agit pas simplement d'un caprice de ta part ?

— Comment ça ?

— L'héritier gâté qui veut la seule fille qui semble lui résister ? précisa Ronnie.

— Peut-être, concéda-t-il facilement en haussant les épaules. Ce n'est pas comme si j'avais beaucoup d'atouts séduction en dehors de cet argent.

— Oh ! je t'en prie, pas de fausses modesties. Tu es intelligent, téméraire, doté d'une candeur rafraîchissante compte tenu de ton statut social, et ça me peine de l'admettre, mais tu n'es pas désagréable à regarder.

— N'en fais pas trop, je vais prendre la grosse tête.

— Ne t'inquiète pas, je suis là pour surveiller tout renflement excessif.

— Dit comme ça, c'est extrêmement suggestif.

32

— Dans tes rêves, rétorqua-t-elle en attrapant un presse-papier en verre sur la table basse. Alors, c'est décidé ? On courtise Kiki Fanderel ? demanda-t-elle en le faisant distraitement passer d'une main à l'autre.

— Je suppose, répondit vaguement Ash en laissant son regard s'échapper par la fenêtre. À ton avis, qui était cette jeune femme qui a fait une entrée fracassante dans la salle à manger ce matin ?

— Aucune idée, mais elle était à tomber par terre.

— Elle m'a comme qui dirait… fait durcir dans mon pantalon.

— Pardon ?!

IV

MARK ESSUYA les dernières traces de suie sur son visage avec la manche de son uniforme, puis il retira sa chemise et la lança dans le panier de linge sale. Il n'était pas mécontent d'avoir fini sa journée. Il rinça rapidement ses mains et ses avant-bras dans le lavabo en contemplant avec découragement la crasse sous ses ongles. À quoi bon porter des gants qui ne lui protégeaient même pas les mains ?

Il slaloma entre les chariots de linge sale pour sortir de la pièce, mais entendit quelqu'un l'appeler au moment où il atteignait la porte.

— Cendres, une minute s'il te plaît.

Il se retourna. C'était Madame Eldridge, sa patronne. Elle pressa le pas pour le rattraper. Mark avait le sentiment que sa journée n'était peut-être pas si finie que ça.

— Le room service a besoin d'un coup de main, tu crois que tu pourrais aller les aider ?

Le room service était le meilleur moyen de se faire des pourboires, il n'allait certainement pas laisser passer cette occasion.

— Bien sûr madame, avec plaisir.

— Je savais que je pouvais compter sur toi, dit-elle en souriant. File vite les rejoindre.

Mark courut jusqu'au room service, à côté des cuisines. En s'approchant il entendit le vacarme et l'agitation nerveuse de la pièce. Il avait à peine passé le pas de la porte que l'assistant-manager lui fondit dessus.

— Cendres ! Bon sang que je suis content de te voir.

— Qu'est-ce que je peux faire ? demanda aussitôt Mark.

— Tous mes serveurs sont occupés avec le service du Sheikh ce soir.

Mark avait entendu parler de ça ; un potentat du Moyen-Orient qui jetait l'argent par les fenêtres pour être servi comme un roi. Il avait espéré qu'on ait besoin de lui précisément pour cette mission, mais ça n'était pas arrivé. Peut-être que ce soir sa chance avait tourné.

— Va mettre une veste et monte à la suite Antoinette, tu serviras un dîner pour deux. Tu crois que tu vas t'en sortir ?

Le cœur de Mark cessa de battre un instant.

— La suite Antoinette ? Celle du Prince Ashton ?

— Exactement, c'est pourquoi j'ai besoin de quelqu'un qui se tiendra à carreau. J'ai toujours eu d'excellents échos à ton sujet. Une cliente m'a même dit un jour que tu étais « particulièrement courtois, avec un bon sens de la mode », cita-t-il en imitant la voix haut perchée de la vieille dame.

Mark ne put s'empêcher de sourire.

— Ce soir, je te donne l'occasion de faire tes preuves.

— Merci, répondit-il en se tournant vers le portant à vêtements les mains tremblantes pour trouver une veste à sa taille.

— Prends aussi un pantalon. Ton jean est tellement sale, on dirait que tu t'es roulé dans la cendre.

— Presque.

Il dégota un uniforme avec des tailles approximatives et s'enferma dans les toilettes pour se changer. Le pantalon était un peu trop grand, mais on le remarquait à peine, et la veste blanche lui allait parfaitement. Et dire qu'il s'apprêtait à rencontrer le Prince en personne. Il n'arrivait pas à déterminer s'il appréhendait la rencontre où s'il était pressé. Sans doute un peu des deux. Il ne lui restait plus qu'à espérer que Sa Majesté donnait des pourboires généreux.

Il sortit des toilettes et l'assistant-manager fixa son bonnet en faisant la grimace. Mark secoua la tête en signe de négation. Tout le staff connaissait son excuse religieuse.

— Désolé, dit-il simplement.

— Ce n'est pas grave, dépêche-toi. Tu sais comment entrer dans la cuisine de la suite. Les plats sont dans le tiroir chauffant juste en dessous, indiqua-t-il en désignant le chariot. Sur le dessus tu trouveras toute la vaisselle et le linge de table dont tu auras besoin.

En poussant le chariot hors de la pièce, Mark aperçut l'infâme Richard qui le dévisageait depuis le hublot de la porte des cuisines. Il fixa Mark avec insistance, puis se passa délibérément la langue sur les lèvres dans un geste obscène. Le jeune homme frissonna de dégoût.

— Cendres, l'interpella une dernière fois l'assistant manager.

— Oui ?

— Pas le droit à l'erreur.

RONNIE SOURIT chaleureusement en laissant entrer la jolie Kiki dans la suite.

— Erika, entrez je vous en prie. Ash sera là dans un instant.

Elle était resplendissante dans son simple jean et sa chemise blanche à dentelle. Malgré sa simplicité, la tenue flattait à merveille ses courbes harmonieuses.

— Ronnie ! s'exclama-t-elle, l'air agréablement surpris. Est-ce que vous vous joignez à nous pour le dîner ?

Voilà qui était intéressant. Est-ce qu'elle n'aurait pas préféré se retrouver seule avec le Prince ?

— Non, je m'apprêtais à partir. Il ne me reste que quelques petites choses à régler, expliqua-t-elle en indiquant la pièce derrière elle d'un pouce par-dessus son épaule.

Kiki observa attentivement la décoration luxueuse et le style classique de la pièce.

— C'est votre chambre ? demanda-t-elle.

— Non, nous avons transformé la pièce en bureau pour la durée de notre séjour. Ash aime jouer les playboys écervelés, mais il s'occupe déjà beaucoup de l'entreprise familiale. Où sont mes manières, je vous en prie, asseyez-vous.

Kiki vint s'asseoir sur le canapé, juste à côté d'elle. Elle sentait incroyablement bon, une odeur naturelle d'huiles essentielles, rien de capiteux.

— Ça a l'air intéressant, dites-m'en plus.

— Je suis certaine qu'Ash se fera un plaisir de vous en parler, sourit Ronnie. Je m'occupe essentiellement de gérer sa vie sociale et son image publique. C'est un travail à temps plein, ajouta-t-elle très sérieusement.

Kiki eut brièvement l'air inquiet. Ronnie était à deux doigts de lui confirmer qu'elle ferait bien d'être inquiète si elle comptait vraiment se lancer dans une relation avec le prince, mais elle se ravisa au dernier moment et la prit en pitié.

— Je plaisante. Il ne mène pas une vie aussi dissolue que les médias voudraient nous le faire croire.

Kiki se laissa aller contre le dossier du canapé.

— Même s'il ne faisait qu'un dixième de ce dont ils l'accusent, je veux bien croire que ça vous tient éveillée.

Ronnie éclata de rire. Il était difficile de ne pas tomber sous le charme de Kiki Fanderel.

Ash sortit enfin de sa chambre, un sourire aux lèvres, la démarche assurée. Ronnie était forcée d'admettre qu'il était séduisant. Il portait un simple jean et une chemise bleu nuit qui faisait ressortir sa carnation laiteuse et l'étrange blond cendré de ses cheveux.

Tu tombes à point mon chou, parce que pour l'instant ta potentielle fiancée semble m'apprécier plus que toi, songea Ronnie.

— Bonsoir Kiki, excusez-moi pour l'attente, je devais me refaire une beauté.

Ronnie sourit en levant discrètement les yeux au ciel. Quel charmeur invétéré ! Peu d'hommes pouvaient délivrer une réplique pareille sans avoir l'air ridicule, mais Ash manipulait la dérision comme une arme de séduction massive.

— J'ai fait la conversation en t'attendant, le taquina Ronnie.

Ash lui lança un regard contrit.

— Merci Ronnie, dit-il en se dirigeant vers le bar d'un pas nonchalant. Qu'est-ce que je vous offre mesdames ?

Ronnie se tourna vers Kiki, mais cette dernière se contenta de hausser les épaules.

— Et si j'ouvrais une bouteille de champagne ? Je sais que Ronnie a un faible pour tout ce qui est pétillant.

— Je vais vous laisser, protesta Ronnie en secouant la tête. Il est largement l'heure pour moi de rentrer, dit-elle en allant chercher ses affaires dans le bureau.

— Oh, vous ne logez pas ici ? Je veux dire, à l'hôtel ? Interrogea Kiki.

Ronnie, qui était en train d'enfiler sa veste, eut un bref moment de pause.

— Si, ma chambre est à l'autre bout du couloir, c'est tout.

— Je vois.

Un silence étrange tomba entre eux. Ronnie avait parfois du mal à cerner la jeune femme. Ash les sortit de leur torpeur en faisant sauter le bouchon de la bouteille de champagne.

— Trop tard maintenant, tu vas devoir rester et prendre un verre. Tu ne nous abandonnerais quand même pas sans surveillance, avec une bouteille entière pour nous tout seul ?

Kiki lui offrit un sourire d'encouragement. Ronnie haussa les épaules.

— On ne pourra pas m'accuser de ne pas prendre mes responsabilités au sérieux, dit-elle en acceptant un verre. J'entends du bruit dans la cuisine, veux-tu que j'aille voir où en est le serveur ?

— Je veux bien, s'il te plaît.

Elle poussa les portes battantes de la cuisine. La pièce était petite mais fonctionnelle. Un jeune homme avec de gigantesques lunettes et un bonnet en laine releva vers elle un regard apeuré. Elle lui sourit gentiment.

— Je ne voulais pas vous faire peur. Vous pouvez mettre la table pour deux personnes et commencer à servir d'ici un petit quart d'heure. Ça devrait leur éviter de finir complètement ivres. J'espère.

Elle rit et il lui sourit timidement. Elle réalisa qu'il était extrêmement jeune. Et très mignon malgré la monstrueuse monture de ses lunettes. Il devait être incroyablement nerveux de servir le prince.

— Bien madame, acquiesça-t-il docilement.

— Ne vous inquiétez pas, nous ne mordons pas, tout va bien se passer.

RONNIE SORTIT de la cuisine en souriant et Ash lui lança un regard interrogateur.

— Je crois que je viens de terroriser le serveur. Il est mignon, mais il ne doit pas être bien vieux. Je pense qu'il est nouveau, ajouta-t-elle en baissant la voix. Sois gentil avec lui.

Elle alla s'asseoir dans le fauteuil, en face de Kiki, et Ash sirota son verre de champagne, l'air songeur. Il connaissait Ronnie, elle refuserait catégoriquement de rester dîner avec eux. Il était anxieux à l'idée de se retrouver seul avec Kiki. Elle était intelligente, gentille et qui plus est magnifique, mais elle le rendait nerveux.

— Parlez-nous un peu de vos études de musique, proposa-t-il pour faire diversion.

— Comme je vous le disais, je joue de la clarinette, répondit-elle en souriant. Je finis mon diplôme cette année.

— Quels sont vos projets après ça ? Vous voulez faire carrière dans la musique ?

Si tel était le cas, il devait ajouter le courage à la longue liste de ses qualités.

— Idéalement oui. J'adorerais jouer dans un orchestre, mais je sais que c'est très compliqué.

— J'imagine.

— La plupart du temps il n'y a qu'une, au maximum deux, clarinettes dans un orchestre. Les chanceux qui ont obtenu ce genre de position les gardent jalousement. Les places sont chères. Si je n'y parviens pas, mon diplôme me permettra malgré tout d'enseigner la musique.

— Je vois que vous y avez beaucoup réfléchi.

Un léger bruit de vaisselle attira l'attention d'Ash. Il tourna la tête et aperçut le jeune serveur dont Ronnie leur avait parlé. Il installait silencieusement les couverts sur la table, ses gestes précis et mesurés, mais le regard résolument baissé. Il avait une drôle d'allure, dégingandée, presque gracile, et un grand bonnet qui jurait avec les lignes formelles de son uniforme.

Ash reporta son attention sur Kiki et remarqua qu'elle avait à peine touché son verre.

— Le champagne ne vous plaît pas ? Est-ce que je peux vous servir autre chose ?

— Je bois très peu d'alcool, admit-elle en souriant doucement.

— Je suis certain que nous pouvons vous trouver quelque chose de moins fort à boire. Garçon ?

Le jeune homme se redressa.

— Oui monsieur ?

Ash écarquilla les yeux. Sous le ridicule bonnet en laine et derrière la verrière outrageante de ses lunettes se dessinait un visage d'une délicatesse incroyable, quasi féminine. Il avait l'air très jeune en effet, Ash lui donnait dix-huit ans tout au plus.

— Pourriez-vous allez voir dans le réfrigérateur s'il y a des boissons non alcoolisées pour mademoiselle Fanderel ?

— Bien sûr monsieur, répondit-il en s'inclinant.

Il avait une voix douce et basse, incontestablement masculine. Il disparut en cuisine et revint en moins d'une minute avec un verre de boisson gazeuse, un dessous de verre et une serviette. Il les posa soigneusement sur la table basse devant Kiki. Puis il se redressa et regarda Ash droit dans les yeux. Le cœur du prince manqua un battement. Il avait de grands yeux sombres et des cils charbonneux. Même ses lunettes aux épaisses montures n'auraient pu dissimuler leur éclat et leur intensité. Ash dut se faire violence pour détourner le regard et rendre son attention à ses deux autres compagnes.

— Que pensez-vous de passer à table d'ici cinq minutes ? demanda-t-il. Ronnie, joins-toi à nous, j'insiste, j'ai commandé assez de nourriture pour un petit pays, je suis sûr que notre serveur ne verra pas d'inconvénient à ajouter un couvert.

— Bien entendu, acquiesça aussitôt le jeune homme, et le son de sa voix donna à Ash la chair de poule.

— C'est gentil, mais il faut vraiment que je rentre travailler, dit Ronnie en finissant son verre. J'ai été ravie de vous revoir Kiki. Inutile d'ajouter un couvert, indiqua-t-elle gentiment en se tournant vers leur serveur.

Le jeune homme quitta la pièce et Ash ne put s'empêcher d'étudier sa silhouette. Le pantalon noir de son uniforme était trop large. Difficile d'imaginer ce qui pouvait bien se cacher en dessous. Mortifié par le fil de ses pensées, il se retourna brusquement vers Ronnie qui était en train de rassembler des papiers étalés en pagaille sur la console d'entrée.

— Profitez bien de votre dîner tous les deux.

Elle s'apprêtait à s'en aller, mais au dernier moment elle se retourna vers eux, une expression interrogatrice sur le visage.

— Est-ce que c'est moi, ou bien avons-nous déjà vu ce jeune serveur quelque part ?

— C'est exactement ce que j'étais en train de me demander, renchérit Ash. Nous l'avons sans doute déjà croisé dans les couloirs. Je crois l'avoir aperçu dans le hall le jour de mon arrivée.

— Il travaille habituellement avec le service d'entretien, expliqua Kiki. Le room service devait manquer de personnel pour ce soir.

Ronnie hocha les épaules, à moitié convaincue.

— Ça doit être ça. En tous les cas, bonne soirée à vous deux.

MARK S'ACCROCHA au comptoir de cuisine en se forçant à respirer calmement. Voir le prince d'aussi près n'avait rien de fantastique, c'était une véritable torture. Les deux jeunes femmes avec lui dans le salon étaient magnifiques. Laquelle était sa future épouse ? La jeune femme blonde s'était adressée à lui de façon très formelle, pas comme une petite amie. L'heureuse élue était sans doute Kiki. Le jeune homme soupira. Au moins, elle était gentille et sa mère serait aux anges en apprenant la nouvelle. L'estomac de Mark se retourna. Il serra la mâchoire et se tourna vers le chariot. Il était temps de servir la salade.

Il arrangea avec soin les cœurs de palmier et les avocats sur un lit de laitue, puis les saupoudra de pignon de pin, de cranberries séchés et d'un filet de vinaigrette. Il sortit les fourchettes qu'il avait mises à refroidir au réfrigérateur et posa le tout sur un plateau. Il poussa la porte battante de son épaule et entra dans le salon. Kiki et le prince étaient déjà à table.

Mark força une expression polie sur ses traits et installa l'assiette de Kiki devant elle.

— Votre salade.

Le prince à présent. Il contourna la table et se pencha pour le servir à son tour. Il sentait incroyablement bon. L'assiette lui échappa des mains à quelques millimètres de la table et se posa avec plus de force que nécessaire. Pourvu que le prince n'ait rien remarqué.

— Bon appétit, leur souhaita-t-il.

Le séduisant héritier leva les yeux vers lui et lui offrit un sourire éclatant, dévoilant ses dents parfaitement blanches et ses délicieuses fossettes. Mark cacha ses mains tremblantes dans son dos.

— Ça a l'air délicieux, dit-il comme un écho à ses pensées.

Mark les salua et s'enfuit en cuisine le plus dignement possible. Depuis l'autre côté de la porte, il entendit le prince remarquer :

— Ronnie avait raison, il doit être nouveau, il semble stressé. Il ne devrait pas, il a l'air de faire du très bon travail.

— C'est un excellent employé, il travaille vraiment très dur malgré son âge. Il s'occupe principalement de l'entretien des cheminées, tout le monde l'appelle Cendres. Ce n'est pas très gentil, et je dois avouer que je ne connais même pas son vrai nom.

Ils se turent un instant, sans doute pour commencer leur entrée, puis Kiki reprit :

— Il est d'une beauté étonnante, vous ne trouvez pas ?

Mark retint son souffle. Il avait peur d'entendre la réponse. Il n'y avait aucune chance pour qu'un playboy hétéro plein aux as lui ait prêté la moindre attention. Sauf que…

— C'est tout à fait ce que je me suis dit la première fois qu'il a relevé la tête. Il a beau se cacher derrière sa timidité et ses lunettes, il est difficile à ignorer.

Mark se sentit paniquer, il n'arriver pas à démêler ses sentiments. Il était partagé entre l'excitation d'avoir été remarqué par le prince et son besoin maladif de faire profil bas. Tout ce qu'il voulait, c'était finir son contrat et entrer à l'école sans faire de vagues. Mais la simple pensée qu'Ashton Armitage puisse le trouver beau lui enflammait les sens. Et Kiki refusait obstinément de changer de sujet.

— Il est plus beau et plus délicat qu'une fille. Ma mère ne supporte pas que je le lui fasse remarquer.

— Pourquoi ? demanda Ash amusé.

Mark n'arrivait pas à croire qu'ils étaient encore en train de parler de lui.

— Parce qu'il la dérange. Il n'a pas une dégaine ordinaire et il gay. Hélas, ma mère est convaincue que la différence est nécessairement une mauvaise chose.

Un rappel à la réalité qui agit comme une douche froide sur les sens en ébullition de Mark.

— Votre mère est homophobe ?

— Elle est tellement conservatrice que je me demande parfois comment elle survit à notre époque.

Ash et elle se mirent à rire.

— À en juger par votre réaction, j'imagine que vous n'approuvez pas son attitude, dit le prince.

— Vis-à-vis de Cendres ?

— De l'homosexualité en général.

Kiki rit de plus belle.

— Ma mère et moi ne parvenons même pas à nous mettre d'accord sur la météo. Je n'ai rien contre le fait d'être gay.

Avec un peu de chance, ils avaient enfin terminé leur salade et Mark pourrait apporter le plat suivant pour les faire changer de sujet. Il versa la bisque à la tomate dans deux bols en porcelaine, posa les cuillers et les condiments sur son plateau, et essaya de ne pas s'imaginer en train de lécher la soupe sur les abdominaux sans doute parfaits du prince.

Il serra brièvement les poings, se secoua et passa la tête par l'embrasure de la porte.

— Souhaitez-vous que j'apporte la suite ? demanda-t-il poliment.

— Oh, oui, bien sûr, merci. La salade était parfaite.

Mark devinait à son air surpris que le prince avait oublié sa présence. Il était facile de ne plus penser au personnel une fois qu'il disparaissait discrètement derrière une porte.

Il vint récupérer les assiettes de leur entrée en essayant de ne pas laisser transparaitre son envie irrépressible d'en finir avec cette insupportable soirée. Il retourna chercher la soupe en cuisine en remerciant le ciel pour la longueur de sa veste qui dissimulait l'érection évidente qui commençait à tendre son pantalon. Comment était-il censé survivre à la soirée dans cet état ? Il fallait qu'il reste calme.

Heureusement, ils finirent leur soupe très rapidement. Il prépara le plat principal en se concentrant. Il installa artistiquement les branches de persil en se rappelant qu'il avait lu quelque part que c'était un aphrodisiaque, ce dont il n'avait absolument pas besoin en cet instant, sauf s'il avait l'intention de se jeter sur le prince en plein milieu de leur dîner.

Il prit une grande inspiration avant d'entrer dans la salle pour ne pas avoir à sentir le parfum irrésistible du prince, retira leurs bols avec des gestes discrets et efficaces, puis retourna en cuisine. L'odeur alléchante de la viande et des pommes de terre fit grogner son estomac. Il n'avait pas eu le temps de manger après son service, et la faim commencer à se faire cruellement sentir. Il prit son plateau et retourna à la table pour servir la suite du repas.

Ashton Armitage lui sourit, le ciel lui vienne en aide.

— Ça a l'air divinement bon, merci Cendres. Tu te débrouilles vraiment bien au service, le complimenta Kiki. Ils ont tort de laisser à l'entretien des cheminées, ils perdent l'occasion d'avoir un excellent serveur.

— Merci mademoiselle Fanderel, mais je crois que le room service ne manque pas de personnel.

— C'est dommage, tu es plus doué que beaucoup des serveurs que je connais dans cet hôtel.

— Ça ne me dérange pas de m'occuper des cheminées mademoiselle. Je n'ai pas à craindre pour mon emploi, personne d'autre ne veut s'en occuper, ajouta-t-il avec un sourire malicieux.

Kiki se mit à rire et il retourna en cuisine. Elle était gentille d'avoir dit tout ça, mais si seulement ils pouvaient en finir avec ce maudit dîner…

— J'ai cru comprendre que vous cherchiez à vous marier ? entendit-il Kiki demander.

Son sang se glaça. Il savait qu'il ferait mieux de sortir, d'attendre dans le couloir pour ne rien entendre, mais ses pieds le traînèrent malgré lui plus près de la porte du salon.

— En effet, acquiesça Ash de sa voix mélodieuse.

— D'habitude les gens attendent de rencontrer quelqu'un avant de songer au mariage. Vous semblez déterminer à faire les choses à l'envers.

Ash sourit, toujours plus charmé par sa franchise désarmante.

— Je vous apprécie Kiki, vous ne mâchez pas vos mots.

La gorge de Mark se serra, est-ce que le prince allait la demander en mariage ce soir ?

— Vous essayez de changer de sujet, quel rapport avec votre désir soudain de vous marier ?

— Je ne sais pas, mais j'aime les gens directs. Vous l'avez sans doute déjà constaté avec Ronnie.

— J'ai constaté qu'*elle* était directe en effet, vous en revanche, c'est une autre paire de manches. Vous êtes plus évasif qu'une anguille.

Elle était impitoyable.

— Nietzsche a dit un jour « Celui qui ne peut mentir ne connaîtra jamais la vérité ». Ou quelque chose comme ça je crois, ajouta-t-il en riant.

— Vous me citez Nietzsche maintenant ? demanda-t-elle amusé. Soyez sérieux un instant, pourquoi avoir choisi un endroit comme celui-ci pour trouver une épouse ? Vous avez bientôt vingt-cinq ans, pas une seule relation sérieuse à votre actif, et soudainement vous voulez vous marier ? C'est l'histoire la plus ridicule que j'aie jamais entendue. Vous cachez quelque chose.

Mark hocha machinalement la tête derrière la porte de la cuisine. Il trouvait ça suspect lui aussi.

— C'est compliqué, se contenta de répondre Ash.

— Le contraire m'aurait étonné, dit Kiki, avec un petit rire.

— Disons simplement que la femme que j'épouserai aura tout à gagner de notre arrangement.

— Vous parlez d'argent j'imagine, pas de votre merveilleuse compagnie.

Ash éclata de rire.

— Je vous apprécie vraiment beaucoup Kiki. Bien sûr, je parle d'argent. Mais la personne qui acceptera ce mariage sera contrainte de respecter l'engagement pour une durée minimum. L'héritage que je dois toucher stipule que nous ne pourrons pas prétendre au divorce avant dix ans. Après ces dix années seulement, si ma femme le désire, elle pourra partir avec une généreuse compensation financière.

— Une sorte de mariage arrangé moderne, une transaction commerciale en somme.

— Exactement.

— Et il n'y a personne dans votre entourage qui pourrait remplir ce rôle ? Une petite amie ou une très bonne amie ?

— Je veux que cet échange soit le moins personnel possible. Je n'ai jamais souhaité me marier, et il est primordial que la femme que je choisirais soit parfaitement consciente qu'il ne s'agit que d'un arrangement financier.

Il y eut un long silence durant lequel Mark tordit nerveusement ses mains tremblantes, puis Ash ajouta :

— Ce serait évidemment un avantage non négligeable si je m'entendais bien avec la femme en question.

— Ash, je vous apprécie aussi, répondit Kiki comme si elle considérait déjà ses options. Mais je n'ai absolument aucun désir de me marier.

— Dans ce cas, nous sommes sur la même longueur d'onde.

— Non, pas vraiment. Ne vous méprenez pas, cet arrangement financier est alléchant, et j'adorerais disposer d'une telle somme pour gérer mon futur comme je l'entends, mais je ne suis pas prête pour toutes les responsabilités qui vont avec. Vous et votre famille auriez un droit de regard sur la façon dont je mène ma vie pendant dix ans. C'est très long, je ne peux pas accepter cette condition. Ma liberté m'importe bien plus que tout l'argent du monde.

— Vous avez la tête sur les épaules, même votre méfiance me séduit. Est-ce que vous accepteriez au moins d'y réfléchir ?

— Je ne sais pas. C'est compliqué, lui renvoya-t-elle avec un sourire malin.

Mark n'en croyait pas ses oreilles. Le prince venait officiellement de faire sa demande. Pourquoi cela le dérangeait-il autant ? Pourquoi avait-il l'estomac aussi serré ? À quoi s'était-il attendu ? Pourquoi était-il aussi obnubilé par le prince ? C'était ridicule, ce n'était pas comme s'il avait sa chance.

Il soupira et secoua ses mains pour les obliger à cesser de trembler. Il devait se concentrer sur son travail. Mais il en était incapable. Le prince venait de demander Kiki en mariage. Bien sûr, elle avait refusé, mais jusqu'à quand résisterait-elle ? Comment pouvait-on résister face à un homme aussi séduisant et une fortune aussi importante ? Comment pourrait-elle résister une fois que sa mère serait au courant et qu'elle commencerait à faire pression sur elle ?

Il parvint tant bien que mal à poursuivre son service jusqu'au dessert. Il débarrassa en pilote automatique, tachant d'ignorer le prince et Kiki qui avaient pris place côte à côte sur le canapé. Des larmes lui brûlaient les yeux, menaçant de s'échapper, et le poids du pourboire dans sa poche n'avait rien de réconfortant. Il songea avec amertume au discours de Kiki. Tout l'argent du monde n'aurait pas pu effacer sa peine ce soir-là.

V

MARK JETA un coup d'œil nerveux par-dessus son épaule en poussant son chariot de ménage sur la terrasse. Richard avait passé la matinée à l'observer de loin. Mark savait pertinemment que l'horrible sous-chef avait la réputation de coucher avec tout ce qui bougeait. Il n'était sans doute pas gay, simplement obsédé. Il aimait contrôler les gens, et ses proies préférées étaient toujours des personnes plus petites, plus faibles, plus bas dans la hiérarchie. Depuis qu'il avait vu Mark au room service, il se comportait comme s'il venait de choisir sa nouvelle victime. Le jeune homme frissonna. Il avait intérêt à être prudent. Et à arrêter de se faire remarquer. Il fallait qu'il redevienne Cendres, le larbin couvert de crasse auquel personne ne faisait attention.

Les roues de son chariot faisaient un boucan infernal sur les pavés de la terrasse. Il s'arrêta au niveau de la marre de vomi qu'on lui avait ordonné de nettoyer. Résultat des festivités organisées par le Sheikh, pile ce qu'il lui fallait pour retrouver sa réputation de crasseux.

Les clients autour de la piscine prenaient un soin tout particulier à l'éviter par de larges détours. Mark sortit la serpillière et se mit au travail.

À L'OMBRE de son parasol, Ash jeta un coup d'œil discret au jeune homme par-dessus son verre de limonade. Difficile de croire qu'il s'agissait du serveur élégant de la veille. À quatre pattes au-dessus d'une horrible flaque de vomi, il frottait le carrelage de la terrasse sans trahir le moindre dégoût. Il portait une chemise bleue beaucoup trop grande et de larges lunettes de soleil, sous une casquette. Il était impossible de distinguer son visage angélique avec tout cet attirail. Ash se remémora le bref sourire malicieux du jeune homme lorsqu'il avait échangé quelques mots avec Kiki. Comment s'appelait-il déjà ? Cendres. Il se demandait d'où il venait et quelle était son histoire.

Il se redressa pour rincer sa serpillière, puis Ash le vit se crisper et regarder nerveusement derrière lui. Il suivit la direction de son regard et aperçut un homme avec une silhouette massive, une coupe militaire et un double menton. Son visage était impassible, il se contenter de fixer Cendres avec une intensité dérangeante. Peut-être était-il son patron. Ash n'aurait pas aimé travailler pour un type pareil, il avait l'air mauvais.

Cendres observa le carrelage au bord de la piscine, les sourcils froncés, comme s'il songeait à passer un deuxième coup de serpillère. Puis il poussa un petit soupir, rangea son matériel dans le chariot, et disparut dans la direction opposée au colosse qui le dévisageait.

Presque aussitôt, il franchit discrètement la porte-fenêtre derrière laquelle il était posté, et suivit le jeune homme sans que personne ne remarque rien. Ash se redressa dans sa chaise longue. Il avait un mauvais pressentiment.

Il se rallongea doucement en essayant de rationaliser la situation. Ce n'était pas ses affaires. C'était sans doute juste son patron qui voulait s'assurer qu'il avait bien fait son travail. Mais il n'arrivait pas à chasser cette impression de malaise. Le type avait regardé Cendres comme s'il voulait en faire son quatre heures. Sur un coup de tête, il bondit de sa chaise. Il fallait qu'il se dépêche s'il ne voulait pas perdre leur trace.

Il traversa la terrasse à la hâte et entra par la porte réservée au personnel. Il tomba sur un long couloir vide. Il s'engagea dedans en courant, mais il n'y avait pas âme qui vive, et pas un bruit. Il passa devant une porte fermée et s'arrêta. Il la poussa légèrement et elle racla contre le sol dans un bruit de métal. Il poussa plus doucement, il ne tenait pas à se faire remarquer.

Le couloir derrière cette porte était étroit et mal éclairé. Ash baissa les yeux vers ses tongs et se maudit intérieurement ; elles faisaient beaucoup trop de bruit et elles le ralentissaient. Il entendit un bruit de voix étouffée et se stoppa net.

— Non ! Pousse-toi. Arrête. J'ai dit lâche-moi!

Ash se précipita en direction du bruit et remercia son instinct. Le gigantesque type avait plaqué Cendre à plat ventre contre le mur, il avait arraché son pantalon et il était en train de sortir son sexe de sa braguette. Le sang d'Ash ne fit qu'un tour. Il n'avait pas l'habitude de se battre, mais il avait fait dix ans d'arts martiaux et il n'avait pas peur de s'en servir.

— Hé ! interpella-t-il en criant avec force pour surprendre le sale type.

L'homme se retourna en sursautant, et il eut à peine le temps de comprendre ce qui se passait qu'il recevait un coup de poing dans la mâchoire. Ash sentit ses phalanges vibrer de douleur, il avait oublié à quel point ça faisait mal. Mais l'immense satisfaction qu'il en retira en valait la peine.

Le colosse recula de quelques pas, désorienté, mais il tenait toujours debout. Ash s'apprêtait à lui coller une deuxième raclée, mais le type leva la main pour riposter.

L'expression de son visage rougeaud en colère se métamorphosa en un instant lorsqu'il réalisa qui il s'apprêtait à frapper. Ash s'autorisa un rictus satisfait, et la grosse brute recula encore davantage, avant de s'enfuir comme un lâche, sans même prendre la peine de se rhabiller avant.

— C'est ça, cours enfoiré ! hurla Ash en se penchant en avant pour poser ses mains sur ses genoux.

Frapper quelqu'un dans la vraie vie n'était pas exactement aussi simple que ça en avait l'air dans les films. Son cœur battait la chamade et sa main était en feu. L'adrénaline galopait dans ses veines et il peinait à reprendre son souffle.

Il redressa la tête pour trouver Cendres, inquiet de ne pas l'entendre. Le jeune homme était recroquevillé contre le mur, une main tenait maladroitement son pantalon qu'il avait remonté à la hâte, et de l'autre il se couvrait les yeux. Même de là où il était, Ash pouvait voir qu'il tremblait violemment.

— Tout va bien gamin ?

Il hocha la tête avec des mouvements désordonnés. Ce pouvait être un oui comme un non.

— Il est parti, le rassura Ash en se rapprochant lentement. Il ne reviendra pas, ne t'inquiète pas. Et quand j'en aurai fini avec lui, plus personne ne voudra jamais l'engager, ajouta-t-il vicieusement.

Le jeune homme hocha la tête, mais sa position ne se relaxa pas pour autant. Il était encore pétrifié de peur. Ash posa une main hésitante sur son bras. Il eut un mouvement de recul, puis se figea et s'écroula brusquement, comme une marionnette dont on avait coupé les fils. Ash le rattrapa juste à temps et le prit dans ses bras.

— Pas par terre gamin, le sol a vu des jours meilleurs, plaisanta-t-il faiblement.

Cendres esquissa un sourire peiné, mais il tremblait toujours comme une feuille. Ash resserra son étreinte.

— Tout va bien, je te tiens.

— Je suis dé- désolé, hoqueta-t-il.

— Tu n'as pas à être désolé. C'est ce sale type qui devrait être désolé. Il ne te fera plus aucun mal, je te le promets.

— Ce n'est pas... Il n'y a pas... Il m'est déjà arrivé la même chose avant.

Il n'ajouta rien et se blottit contre Ash en sanglotant de manière incontrôlée. Le gamin était étonnamment grand, mais pas plus grand qu'Ash. Il tenait parfaitement dans ses bras, il était exactement à la bonne hauteur pour enfouir sa tête dans son cou. Ash n'avait pas l'habitude de réconforter qui que ce soit. Il lui caressa le dos avec hésitation. Les tremblements et les sanglots se calmèrent progressivement, mais Ash se contenta de continuer à le bercer légèrement.

Le souffle tiède du jeune homme contre son cou n'était pas exactement désagréable. Ash attendit patiemment jusqu'à ce qu'il semble enfin apaisé.

Cendres se détacha légèrement de lui, et Ash baissa la tête, sa vision bloquée par la visière de sa casquette. Puis, le jeune homme releva lentement son visage. Ses lunettes avaient dû tomber pendant la lutte, et Ash se retrouva face à face avec ces deux puits d'émotion sans fin, happé par son mystérieux regard sombre.

Il sentit la cage thoracique du gamin se gonfler sous ses mains lorsqu'il prit une grande inspiration, puis ses bras tremblants se glisser autour de son cou. Il avait les mains calleuses, mais son toucher était délicat, presque tendre contre la peau d'Ash. Il sentit les cheveux sur sa nuque se dresser. Cendres émit un petit bruit de surprise, puis il enfonça ses doigts dans la chevelure d'Ash. Cela ne dura que quelques secondes, mais Ash avait l'impression que tout était au ralenti, et il enregistra soigneusement chaque détail de l'instant. Il vit les lèvres roses et légèrement entrouvertes du garçon se rapprocher, jusqu'à rencontrer les siennes, et rien n'aurait pu le préparer à l'intensité de cette sensation, à la fois brûlante et douce.

La prise de ses doigts se resserra dans ses cheveux, et il pressa le bout de sa langue contre les lèvres d'Ash. Sa bouche s'ouvrit instinctivement pour l'accueillir. C'était Noël, son anniversaire et la fête nationale en même temps. L'un d'entre eux poussa un gémissement, mais il aurait été incapable de dire qui, perdu dans le tourbillon des sensations.

Ses mains glissèrent pour agripper les hanches étroites du jeune homme et il sentit son pantalon sur le point de glisser à nouveau. Il le resserra instinctivement autour de sa taille et serra le jeune homme plus fort contre lui. Il se sentait tiraillé par l'instinct protecteur que le jeune homme éveillait en lui et cette vague déferlante de désir. Cendres l'embrassait comme si sa vie en dépendait, en émettant des petits bruits de plaisir irrésistible. Ash le poussa instinctivement contre le mur pour réduire encore la distance entre eux.

Lorsque le dos du jeune homme heurta le mur, le rêve se brisa. Il recula brusquement la tête et leva vers Ash ses grands yeux noirs ébahis.

— Qu'est-ce que j'ai fait ? murmura-t-il. Oh mon Dieu, je suis… Je suis désolé.

Il attrapa son pantalon encore ouvert et s'enfuit en courant.

Hagard, le souffle court et à l'étroit dans son pantalon, Ash se demanda ce qui venait de lui arriver.

IL FALLAIT qu'il s'enfuie, il fallait qu'il se cache. Mark se recroquevilla sur son lit en se demandant combien de temps il lui restait avant qu'on lui annonce qu'il était renvoyé. Il venait d'appeler pour prévenir qu'il ne viendrait pas cet après-midi parce qu'il était malade. C'était la première fois que ça lui arrivait. Il n'avait pas exactement menti, il était trop nauséeux pour travailler.

À l'instant où Richard avait posé ses mains sur lui, ça avait été comme s'il était de retour dans cette station de métro des années auparavant. Comme si les mains de ces types cette nuit-là étaient de nouveau sur son corps. Il se remit à trembler. Et qu'est-ce qu'il lui avait pris d'embrasser Ashton Armitage ? Il lui semblait que sa vie tout entière partait en lambeaux depuis l'arrivée du prince.

Quelqu'un frappa à la porte et il sursauta presque comiquement. Il savait très bien qui c'était, et il n'avait aucune intention de répondre. Le petit elfe infernal qui s'entêtait à lui donner de l'espoir quand il aurait dû être discret et raisonnable. Il n'y avait de place que pour le travail et l'humilité dans sa vie, il le savait. Mais il ne pouvait pas s'empêcher d'apprécier l'étrange petit homme.

Il soupira, s'extirpa de son lit et alla déverrouiller la porte. Il ne l'ouvrit pas, il se contenta de retourner se recroqueviller sur les draps. Monsieur Pennymaker entra avec son habituelle mine enjouée.

— Bonjour mon garçon, comment vas-tu en cette belle journée ?

Il aperçut Mark, roulé en boule au milieu de son lit et se tut. Mark risqua un coup d'œil dans sa direction et fut surpris de se retrouver nez à nez avec Mister P. Il n'y avait plus de doute, cet homme était une créature magique.

— Tu n'as pas l'air d'être au meilleur de ta forme.

— Pas vraiment, admit Mark en secouant la tête.

— Que t'arrive-t-il ?

— Je n'ai pas très envie d'en parler.

— Il va falloir faire un effort, parce que moi j'ai très envie de t'entendre.

Mark réalisa qu'avoir l'avis d'une personne extérieure à la situation était peut-être une bonne idée.

— Je crois que j'ai fait quelque chose de très mal.

Ce jour-là, Mister P. portait un costume trois pièce de couleur sombre, qui aurait pu avoir l'air très formel si le veston n'avait pas été rose bonbon, et sa boutonnière ornée d'un gardénia. Il s'assit sur la chaise en bois à côté du lit.

— Et si tu me racontais tout depuis le début ?

Mark s'assit. Il ne savait pas par où commencer. La présence de Mister P. était inexplicablement rassurante. Il avait l'impression de pouvoir tout lui raconter, et que quoi qu'il ait fait, le petit homme prendrait toujours son parti. Il n'avait pas ressenti ça depuis la mort de sa mère.

— Richard le sous-chef a essayé de m'agresser et...

— Une petite minute ! Qu'est-ce que tu viens de dire ?

— Richard, le sous-chef, répéta Mark. Ça fait des semaines qu'il me regarde comme s'il voulait me manger. J'imagine qu'il a fini par céder à ses pulsions et il m'a sauté dessus. Il n'a pas eu le temps de faire quoi que ce soit. Monsieur Armitage, le prince richissime qui est arrivé hier, a débarqué et il lui a mis son poing dans la figure. Quand Richard aura tout raconté aux responsables, je sais qu'ils vont me renvoyer, et j'ai vraiment besoin de ce travail. Qu'est-ce que je vais faire ?

— Allons, allons, j'imagine mal Herman Marcusi renvoyer un employé qui a failli se faire violer.

— Vous ne comprenez pas. J'étais tellement bouleversé et confus, j'ai eu des flashbacks d'un autre épisode horrible de ma vie, et je ne sais pas ce qui m'a pris, j'ai embrassé le prince.

— Tu l'as embrassé ? répéta Mister P. avec un grand sourire.

Mark hocha la tête et cacha son visage dans ses mains.

— Tu devais lui être reconnaissant, proposa Mister P., sur un ton taquin mais rassurant.

Mark se rassit brusquement.

— Non ! On ne parle pas d'une petite bêtise reconnaissante ! Je l'ai embrassé, avec la langue et… et tout le reste !

Le sourire du petit homme ne fit que s'agrandir.

— Tu devais être vraiment *très* reconnaissant.

— Il est surement en train de tout raconter à monsieur Marcusi à l'heure qu'il est, je vais être renvoyé c'est certain.

— Peut-être pas, peut-être que le prince a apprécié ce baiser.

L'idée n'avait même pas effleuré l'esprit de Mark. Le prince avait surtout eu l'air choqué, mais il était vrai qu'il n'avait rien fait pour reculer ou pour le repousser.

— J'en doute fortement. Ce n'est pas parce que je nettoie les cendres dans un hôtel digne d'un château que la vie est un conte de fées.

— Mon garçon calme-toi. Soit il a apprécié ce baiser, auquel cas il ne te dénoncera pas à monsieur Marcusi, soit il n'a pas apprécié, mais il préfèrera n'en parler à personne pour épargner sa réputation. Dans tous les cas, il y a peu de chance pour que tu perdes ton emploi. J'ai une idée, puisqu'il semblerait que tu ne travailles pas cet après-midi, pourquoi n'enfilerais-tu pas une autre de tes magnifiques créations ? Les gens auxquels je t'ai présenté hier sont dans le salon, c'est le moment idéal pour leur en mettre plein la vue.

Mark secoua la tête avec ferveur. C'était hors de question. Il se sentait trop fragile, trop vulnérable pour parader en jupe.

— C'est une situation sérieuse Monsieur Pennymaker, je ne peux pas continuer de prendre des risques pareils.

— Si tu es trop sérieux, tu manqueras ton rendez-vous avec l'avenir, rétorqua mystérieusement Mister P.. Fais-moi confiance, va t'habiller.

— Je ne sais pas si c'est une très bonne idée…

— Mark, parmi tes idoles, est-ce que tu peux me citer un seul styliste qui n'a jamais pris de risque ? Tu ne peux pas désirer la reconnaissance et te réfugier dans la discrétion. Il est temps de prouver que tu en as une paire.

Mark faillit s'étrangler sur un éclat de rire incontrôlé.

— On est passé de la poésie au discours d'encouragement sportif en moins d'une seconde. Vous avez été coach dans une vie antérieure ?

— Quelle idée plaisante, tous ces superbes hommes musclés.

Mark haussa un sourcil. Il ne lui était jamais venu à l'idée que Mister P. puisse être gay, mais à présent qu'il y songeait, ça paraissait étrangement logique. Et puis il avait raison : qui ne tente rien n'a rien.

— Très bien, allons-y.

— Splendide ! s'exclama Mister P. en tapant dans ses mains. Avec quelle tenue allons-nous les éblouir aujourd'hui ?

— J'ai un pantalon de tailleur et un chemisier blanc qui devrait tourner plus d'une tête.

— Excellent, va les enfiler. Il est l'heure de faire sensation.

— Tu as fait une bonne action, et heureusement que tu étais là au bon moment, mais tu as d'autres priorités Ash. Je te rappelle que tu es censé séduire Kiki Fanderel.

Ash jouait distraitement avec sa salade du bout de sa fourchette. Il jeta un coup d'œil aux autres clients de l'hôtel attablés autour de lui et baissa la voix.

— Tu aurais dû voir la taille de ce type Ronnie. Dieu sait dans quel état j'aurais retrouvé le gamin si j'étais arrivé trop tard.

— Tu es sûr qu'il allait l'agresser ? Qu'il ne s'agissait pas d'une partie de jambes en l'air entre deux services ? Tu m'as bien dit que ce garçon était gay.

— Est-ce que tu as écouté un seul mot de ce que je viens de dire ? Je te dis qu'il était terrifié et que cette brute s'apprêtait à le violer. Et tous les homosexuels ne sont pas des obsédés qui ne pensent qu'à baiser, je ne m'attendais pas à ce genre de préjugés venant de toi.

— D'accord, d'accord, pardon. Ce n'est pas ce que j'ai voulu dire.

Un serveur approcha pour lui resservir du thé glacé.

— Marcusi va renvoyer ce porc dès aujourd'hui. Il a d'abord refusé, c'est compliqué de trouver un sous-chef, mais j'ai fini par le convaincre.

— Tu prends cette histoire très à cœur, fit-elle remarquer en portant sa tasse de café à ses lèvres.

— Est-ce que tu réalises la gravité de ce qui aurait pu se passer ? Comment est-ce que tu peux être aussi calme ?

— Je n'y étais pas. Je comprends que ça te bouleverse, mais je me sens forcément moins concernée, je suis désolée.

Il avala à contrecœur une bouchée de sa salade niçoise et Ronnie se passa une main dans les cheveux en croisant les jambes.

— Revenons-en au sujet de Kiki.

— L'affaire est loin d'être dans le sac. Pour être honnête, je ne pense pas qu'elle acceptera.

— Quoi ? Mais pourquoi ? Ça s'est mal passé hier soir ?

— Non, au contraire, nous avons passé une très bonne soirée. Mais c'est une femme intelligente, j'ai vite abandonné la séduction théâtrale au profit de la vérité nue.

— C'est-à-dire ?

— Que je recherche une épouse pour toucher mon héritage, répondit-il en riant.

— En effet, je me demande pourquoi elle ne t'est pas tout de suite tombée dans les bras, c'est tellement romantique.

— N'est-ce pas ?

— Elle n'est pas intéressée par l'argent ?

— Pas vraiment. Elle n'est pas vénale au point de sacrifier sa liberté pendant dix ans pour toucher le pactole. Et puis soyons honnêtes, c'est l'argent de la famille Armitage, même si elle divorce après dix ans, légalement nous aurons toujours un mot à dire, elle ne serait jamais vraiment libre de notre influence.

— Elle est intelligente, sourit Ronnie.

— Je crois que nous sommes d'accord là-dessus.

— Mais sa mère a beaucoup d'influence sur elle, et elle n'est certainement pas au-dessus du sacrifice de l'une de ses filles pour un bout de la fortune Armitage.

— J'en suis conscient. J'ai demandé à Kiki d'y réfléchir. Tout espoir n'est peut-être pas perdu.

— Au pire, il te reste toujours sa sœur.

— Je préfère encore être pauvre, rétorqua-t-il en faisant tourner sa paille dans son verre.

— Elle est pourtant très belle.

— À l'extérieur oui. J'en ai pour dix ans Ronnie, pas pour dix jours.

— Comme tu préfères, le taquina-t-elle, puis elle redressa la tête et ses yeux s'écarquillèrent de stupeur.

— Qu'est-ce qu'il y a ? demanda-t-il en se retournant pour voir ce qui avait ainsi attiré son attention.

Elle l'en empêcha en tirant sur son bras.

— Ne te retourne pas !

Il vit ses yeux suivre attentivement l'objet de sa stupeur. Ash mourrait d'envie de se retourner. Enfin, elle se rapprocha de lui et chuchota.

— Penche-toi discrètement dans ta chaise et tourna légèrement le regard vers la gauche. C'est la fille de la dernière fois.

Il lui fallut faire preuve d'une grande volonté pour ne pas se retourner d'un seul coup. Il se laissa aller contre sa chaise, attrapa nonchalamment sa serviette de table, et tourna imperceptiblement la tête. Elle était plus époustouflante encore que dans ses souvenirs. Le contraste entre sa silhouette élancée et celle de monsieur Pennymaker était tellement comique qu'il faillit glousser malgré lui. Elle portait un pantalon qui soulignait la longueur de ses jambes interminables, et une chemise blanche avec un col haut qui accentuait son port de tête altier. Un petit béret rouge était élégamment posé en biais sur sa longue chevelure brune. Ash nota qu'elle n'avait pas de sac à main. Est-ce que ça voulait dire qu'elle logeait à l'hôtel ? Il ne l'avait vu que deux fois, et il se serait souvenu avoir croisé une telle créature dans les couloirs.

— On peut aussi considérer cette option, suggéra Ronnie à voix basse.

Ash sentit son bas ventre se réveiller à l'idée de séduire la mystérieuse jeune femme.

— Qu'as-tu appris à son sujet ?

— Étonnement peu de choses dans la mesure où cet hôtel est un véritable nid de ragots. J'ai essayé de me renseigner, mais personne n'a vraiment su me répondre. L'homme à ses côtés est bien monsieur Pennymaker, c'est un client régulier et respecté. Tout le monde l'apprécie et il loge dans l'une des suites les plus chères de l'hôtel. Visiblement, il nourrit un intérêt pour l'industrie de la mode. Le couple avec lequel ils sont en train de parler possède des parts de marché dans différentes sociétés, essentiellement la mode et le spectacle. Ils sont venus pour rencontrer des stylistes dans lesquels ils envisagent d'investir. Pennymaker tenait à leur présenter cette jeune femme en particulier. Il s'agirait de « sa nièce », mais va savoir ce que ça veut dire de nos jours, ajouta-t-elle avec un sourire impie.

— Tu penses qu'elle est mannequin ? Ou qu'elle voudrait le devenir ?

— Je ne sais pas, mais vu les tenues qu'elle porte, elle ne manque pas de moyens. Même si je suis presque sûre que c'est tonton qui a tout payé.

— Je veux la rencontrer.

— Et s'il s'avère qu'elle n'est pas vraiment sa… nièce, qu'est-ce qu'on fait ? Tu risques l'incident diplomatique.

— Tu es la reine des diplomates, je suis sûr que tu trouveras un moyen poli de nous présenter, l'encouragea-t-il avec un coup de coude.

— Très bien, capitula Ronnie en riant. Je vais voir ce que je peux faire.

VI

PERSONNE NE va me renvoyer. Personne ne va me renvoyer. Mark se répétait cette phrase comme un mantra. Il termina de nettoyer les toilettes du vestiaire des hommes et se précipita dans l'arrière-cuisine pour déboucher l'évier. Il espérait secrètement que s'il rattrapait le temps perdu, personne ne remarquerait qu'il n'était pas venu cet après-midi.

— Psst. Hé, Cendres !

Il se retourna et aperçut Francisco, l'un des commis, qui lui souriait avec enthousiasme.

— Tu as entendu ? Richard-le-bâtard s'est fait renvoyer !

— Vraiment ? demanda Mark interloqué.

— Aujourd'hui même. J'ai entendu dire que c'est un des clients de l'hôtel qui l'a ordonné. Je ne sais pas ce qu'il a fait pour mériter ça, mais il ne va pas me manquer. Ce type me filait les jetons !

— Moi aussi, acquiesça Mark dans un souffle.

— Il était toujours tellement horrible avec toi. Il passait son temps à te suivre et à te mater comme un pervers. Je ne sais pas comment tu as fait pour le supporter aussi longtemps.

Mark secoua la tête. Il peinait à croire ce qu'il venait d'entendre. Richard était renvoyé. Il ne reviendrait plus.

— J'ai pensé que tu serais content de le savoir, tu n'as plus à t'inquiéter de ce tordu maintenant.

— Oui je… Merci. Merci Francisco.

— Pas de problème.

Ash avait tenu sa promesse. Il avait fait virer Richard. Bien sûr, Mark l'avait entendu dire qu'il le ferait, mais il ne l'avait pas cru. Richard était sous-chef, et malheureusement, il était doué, alors que Mark n'était qu'un gamin qui nettoyait les toilettes et les cheminées. Facile à remplacer.

Il essaya de respirer calmement, mais il ne comprenait pas. Pourquoi Ash avait-il fait ça ? Ash, le chevalier des temps modernes.

Il avait dû être tellement choqué de trouver Mark, coincé contre le mur dans un couloir sombre, les fesses à l'air. Il frissonna en repensant au contact du sexe de Richard contre sa peau. Ash n'avait pas fermé les yeux sur la situation, il n'avait pas fait demi-tour. Il était resté et il l'avait défendu. Il avait flanqué la raclée du siècle à Richard et il l'avait fait renvoyer, sans créer le moindre problème pour Mark.

Il n'avait dû parler du baiser à personne. Le baiser... L'esprit de Mark s'égara dans ce souvenir. La bouche d'Ash contre la sienne, la chaleur de sa langue. Il avait un goût de citron, légèrement sucré. Il avait le goût du péché. Et Mark avait nettement senti son intérêt, rigide contre sa cuisse. Ce n'était sans doute rien de plus que l'adrénaline, mais il n'était pas prêt d'oublier ce détail. Mark se secoua, il avait un évier à déboucher. Il attrapa la ventouse et la plongea dans l'eau crasseuse au fond de l'évier. Il appuya de toutes ses forces.

— Cendres, appela une nouvelle voix.

Pris par surprise, il relâcha la pression et se retrouva éclaboussé d'eau sale. Il se retourna avec autant de patience que possible, et se retrouva face au manager du room service de nuit. C'était un petit homme avec un très grand égo, il n'était pas réputé pour sa gentillesse.

— Oui monsieur ?

—J'ai entendu dire que tu as fait un remplacement pour la suite d'Armitage, commença-t-il avec une grimace.

Le cœur de Mark cessa de battre. Et s'il s'était trompé ? Si Ash l'avait dénoncé ?

— Va savoir pourquoi, tu as fait bonne impression, poursuivit le manager à contrecœur.

Mark faillit s'évanouir de soulagement.

— Il a demandé à ce que ce soit encore toi qui le serves ce soir. Rends-toi présentable sans traîner, ta dégaine est une honte.

Servir Armitage à nouveau ? Non, Mark n'était pas prêt, il ne le serait jamais. Comment était-il censé regarder le prince dans les yeux après ce qu'il avait fait ? Et puis il refusait de revivre la torture de le voir séduire Kiki pendant une soirée entière.

— Pardonnez-moi monsieur, mais compte tenu de mon état, vous ne croyez pas qu'il vaudrait mieux envoyer quelqu'un d'autre ?

— Est-ce que j'ai parlé chinois ? aboya le manager en levant un sourcil.

— Non monsieur.

— Je ne sais pas pourquoi un prince a personnellement réclamé que la souillon de service s'occupe de son dîner, mais je ne suis pas payé pour discuter, alors tu vas te contenter d'obéir et de faire du mieux que tu peux.

— Bien monsieur, capitula Mark en soupirant.

— Va te laver, ordonna-t-il en claquant des doigts, et retrouve-moi au room service dans un quart d'heure.

ASH MIT le haut-parleur et posa son téléphone sur la table avant de faire les cent pas.

— Alors ? Qu'est-ce que tu as trouvé ?

— Rien du tout, répondit Ronnie frustrée. J'ai cherché ce fameux monsieur Pennymaker dans tout l'hôtel, mais impossible de lui mettre la main dessus. Et pas une trace de sa mystérieuse compagne. Je leur ai laissé un message à l'accueil.

— Qu'est-ce que tu as dit dans le message ?

— Je suis restée vague, j'ai simplement dit que tu avais hâte de les rencontrer lui et sa nièce. Tout le monde sait que tu es là pour trouver une épouse, s'il est ambitieux et que cette jeune femme est vraiment sa nièce, il acceptera de te rencontrer rapidement. Sinon, il n'aura qu'à ignorer ce message et personne ne se sentira insulté.

— Je ne veux pas qu'il l'ignore !

— Je me doute bien, Ash, mais je ne peux rien faire de plus pour l'instant. Je passerai au bar de l'hôtel ce soir, peut-être que je réussirai enfin à croiser Pennymaker en personne. Il parait qu'il y est souvent après le repas, je te tiendrai au courant.

— Merci, Ronnie.

Il raccrocha et appuya ses bras tendus sur le dossier d'une chaise. Il avait besoin d'un verre. Il se dirigea vers le mini bar, attrapa un verre et y versa six mesures de vodka, une mesure vermouth, et deux olives. La première gorgée lui brûla la gorge. Il n'avait pas l'habitude des alcools forts. Il emporta son verre avec lui dans le salon et se laissa lourdement tomber sur l'un des larges fauteuils. Il s'était fait une promesse et il n'était même pas capable de la tenir. Depuis son arrivée dans cet hôtel, sa vie semblait échapper totalement à son contrôle.

Il entendit des bruits de mouvements dans la cuisine et son cœur s'accéléra. Il prit une profonde inspiration, puis expira lentement, calmement. Les sommes astronomiques qu'il avait dépensées en cours de yoga lui servaient enfin. Fallait-il qu'il entre dans la cuisine ? Et si ce n'était pas le même serveur ? Il attendit quelques minutes en sirotant sa vodka martini. Il n'était décidément pas fan de cette boisson.

Les portes battantes de la cuisine s'ouvrirent enfin et Mark entra pour installer le couvert. Il gardait les yeux obstinément baissés et se déplaçait autour de la table avec des gestes prudents. Il arrangea une table pour deux. Il avait l'air crispé. Il releva la tête, aperçut Ash et une exclamation de surprise lui échappa, il ne l'avait pas vu.

— Je suis désolé monsieur, je ne voulais pas vous déranger.

Ash tenta un sourire, mais le cœur n'y était pas, il était trop préoccupé.

— Tu ne me déranges pas.

— J'ai un dîner pour deux personnes en cuisine, souhaitez-vous que je commence le service maintenant ?

— Qu'y a-t-il au menu ?

— Des filets de sole amandine, de la purée et des brocolis monsieur, comme vous l'avez demandé.

— Que penses-tu de ce choix, Cendres ?

Le jeune homme leva brusquement les yeux vers lui, surpris d'entendre son surnom sans doute.

— Je suis désolé, je sais que ce n'est pas ton vrai prénom. Comment t'appelles-tu ?

— Mark Sintorella, monsieur.

— Alors Mark, dis-moi, aimes-tu la sole amandine, la purée et les brocolis ?

— Bien sûr monsieur, le chef est réputé pour son excellente cuisine.

— Très bien, tu te joindras bien à moi pour la déguster alors.

Les immenses yeux noirs du jeune homme s'ouvrirent encore davantage.

— Non monsieur, répondit-il aussitôt.

— Si Mark, et appelle-moi Ash s'il te plaît.

— Mais monsieur…

Il baissa brièvement les yeux, s'humidifia nerveusement les lèvres et redressa bravement la tête.

— Mon travail consiste à servir la nourriture monsieur, pas à la manger.

— Ton travail consiste à satisfaire le client.

— Je ne vois pas ce qu'il y aurait de satisfaisant pour vous à partager un repas avec moi, répondit-il en baissant de nouveau les yeux.

Ash quitta son fauteuil et s'avança lentement vers lui.

— Je ne vais pas jouer les riches héritiers capricieux Mark, je ne t'oblige à rien, tu peux refuser si tu n'es pas à l'aise.

— Je ne comprends pas monsieur, est-ce que mademoiselle Fanderel s'est décommandée ?

— Non, j'ai commandé ce dîner pour deux et j'ai demandé à ce que ce soit toi qui le serves parce que je voulais te revoir.

— Vraiment ? murmura Mark en redressant timidement la tête.

La lumière tamisée du salon faisait briller des reflets dorés dans ses immenses yeux bruns.

— Oui, vraiment. J'ai pensé qu'après notre rencontre précipitée, nous pourrions peut-être apprendre à nous connaitre. Je voulais m'assurer que tu allais bien. Tu peux te détendre, personne ne viendra nous déranger puisque c'est toi qui es censé faire le service. Mais je te le répète, si tu n'es pas à l'aise, tu peux partir à tout moment.

— Je ne devrais pas accepter monsieur…

— Pourquoi ?

— Parce que je pourrais y prendre goût.

Pris de court, Ash éclata de rire.

— Parfois dans la vie, il faut savoir se faire plaisir Mark. Fais-moi confiance, dit-il en l'attrapant par la manche et en le tirant vers la cuisine.

— Monsieur, qu'est-ce que vous faites ? protesta faiblement Mark.

Ash plongea son regard dans les deux orbes sombres et sans fin du jeune homme.

— Je vais nous servir à dîner, répondit-il très sérieusement.

— C'est à moi de faire ça.

— Non, j'ai monté tout ce stratagème pour t'inviter, il est hors de question que ce soit toi qui serves. Voyons un peu ce que nous avons là.

Il ouvrit le tiroir chauffant du chariot.

— Ça à l'air délicieux et je suis affamé. Passe-moi les assiettes.

Il réalisa en le disant qu'il était sincèrement affamé, et l'idée de partager son dîner avec le jeune Mark était terriblement séduisante. Le poisson sentait divinement bon. Il attrapa le plat entier et le posa sur le comptoir.

— Mais, et la salade…

— Prends-la avec toi, nous servirons tout en même temps.

— Je… Très bien monsieur.

MARK REGARDA Sa Majesté le prince Ashton Armitage sortir les plats du tiroir chauffant et les emporter dans la salle, en hésitant à se pincer pour s'assurer qu'il ne rêvait pas.

Il aurait dû l'aider, l'en empêcher, réagir plus vite, mais ses mains tremblaient trop. Il parvint malgré tout à ouvrir le réfrigérateur pour en sortir les deux assiettes de salade qu'il avait préparées. Il les posa miraculeusement sur le comptoir sans rien casser, et le prince vint les chercher comme si de rien n'était. Mark cligna des yeux avec force. Ce genre de chose n'était pas censé arriver dans la vraie vie.

— Quel genre de vin préfères-tu ? demanda Ash depuis le salon.

— Euh… Je… je ne m'y connais pas vraiment, répondit-il faiblement. Je vous laisse choisir.

Il ne comprenait pas ce qui était en train de se passer. À quoi jouait le prince ? Mark attrapa les couverts et le suivit dans la pièce adjacente. Ash était en train de servir une boisson à bulles, qui ressemblait fort à du champagne, dans deux flutes en cristal. Mark jeta un coup d'œil à la bouteille et prit une petite inspiration paniquée. C'était l'une de ces magnifiques bouteilles avec des fleurs sur l'étiquette qui coûtait sans doute plus que son salaire annuel. Il était plus conscient que jamais de l'immense fossé social qui les séparait.

Ash prit place sur une chaise, et Mark resta maladroitement debout devant la porte de la cuisine, figé par la peur et le doute. Il ne se rappelait pas avoir été aussi mal à l'aise de toute sa vie. Puis, quelque chose d'encore plus extraordinaire arriva : le prince leva les yeux vers lui, s'excusa, puis se leva précipitamment pour tirer sa chaise et l'inviter à s'asseoir. Il regarda le jeune homme patiemment, attendant qu'il prenne place. Il n'avait pas l'air moqueur, il avait même l'air on ne peut plus sérieux. Il ne restait plus à Mark qu'une chose à faire : il s'assit.

Ash reprit son verre et le leva dans sa direction. Mark attrapa machinalement le sien et le leva également pour trinquer.

— Plus de décision gouvernée par la peur, annonça-t-il solennellement

— Plus de… Plus de décision gouvernée par la peur, répéta Mark hébété.

Puis il porta le verre à ses lèvres et toutes pensées cohérentes s'enfuirent de son esprit. Il avait déjà bu du champagne avant, sa mère aimait ça et il lui arrivait d'utiliser ses maigres économies de livreur de journaux pour lui faire la surprise et acheter une bouteille à dix ou vingt dollars. Cela n'avait rien à voir avec l'explosion de saveur que venaient de rencontrer ses papilles. Sec, pétillant et fruité. Mark ferma les yeux de plaisir.

— Tu aimes ? demanda Ash en souriant.

Mark hocha la tête avec enthousiasme.

— Tant mieux. Allez, mange maintenant.

Mark avait presque peur de toucher à son plat. L'odeur délicieuse qui s'en échappait le faisait saliver. Il était tellement habitué aux repas de la cantine du petit personnel, nourrissants mais sans saveur, que le simple fumet délicat de l'assiette devant lui relevait de l'expérience divine.

Il piqua un tout petit morceau de poisson du bout de sa fourchette et le porta à sa bouche. La chair était si tendre qu'elle fondit aussitôt dans sa bouche. Il poussa un petit bruit de satisfaction à l'arrière de sa gorge. Il comprenait mieux pourquoi certaines personnes étaient prêtes à dépenser de telles sommes pour un repas de cette qualité. Il mâcha lentement, les yeux fermés, perdus dans son plaisir, et lorsqu'il rouvrit les yeux, il trouva le prince en train de l'observer. Il avait sur le visage une étrange expression, un mélange de douleur et de satisfaction. Mais en un battement de cil, l'expression disparut, très vite remplacée par son habituel sourire charmeur.

— J'en déduis que tu aimes aussi ?

— Beaucoup monsieur.

— Quel âge as-tu Mark ? demanda-t-il en penchant la tête sur le côté.

— Vingt-deux ans.

— Je vais seulement en avoir vingt-cinq, tu ne crois pas que tu pourrais arrêter de m'appeler monsieur ?

— Si monsieur, répondit-il machinalement, avant d'exploser de rire en plaquant une main contre sa bouche.

Charmé par sa spontanéité, Ash se mit à rire lui aussi. Mark replongea le nez dans son assiette. Il était hors de question qu'il gâche une seule miette de ce repas, il n'aurait peut-être plus jamais l'occasion de manger une nourriture de cette qualité. Ils mangèrent en silence, Mark n'osant pas prendre la parole, tellement effrayé de dire ce qu'il ne fallait pas.

— Où habites-tu ? demanda curieusement Ash après une gorgée de champagne. Viens-tu de la région ?

— Je suis originaire de New York.

— Et comment un garçon de la ville se retrouve-t-il à travailler dans hôtel perdu dans la campagne, au milieu de nulle part ?

— J'ai eu le poste grâce à une connaissance, répondit prudemment Mark, soucieux de ne pas trop se révéler. J'avais besoin d'argent et la vie en ville est trop chère, je n'arrivais pas à travailler et à économiser en même temps.

Il repoussa son assiette vide en savourant la sensation d'un estomac plein. Il s'était régalé comme jamais.

— Tu as encore faim ? demanda Ash en souriant.

— Non, merci, mais c'était vraiment délicieux. Il y a du dessert aussi dans le chariot, vous devriez essayer.

— Je sais, j'ai vu. De la crème brûlée je crois ?

— À la noix de coco.

— Voilà qui me semble appétissant. Je te propose que nous digérions quelques minutes et puis que nous essayons cette crème brûlée avec un café, qu'en dis-tu ?

— D'accord, acquiesça timidement Mark en se laissant aller contre sa chaise, sa flute de champagne blotti contre sa poitrine.

Les bulles lui étaient montées à la tête juste ce qu'il fallait, et il se sentait agréablement grisé.

— Alors, dis-moi, pourquoi es-tu si déterminé à économiser ?

— Pour l'école.

— Qu'est-ce que tu veux étudier ?

— Je ne suis pas encore sûr, répondit Mark après une pause hésitante.

Il ne tenait pas à entrer dans les détails.

— C'est étrange, généralement lorsqu'on économise pour aller étudier, c'est qu'on a une idée bien précise en tête.

— J'aime l'idée de faire des études supérieures, c'est tout.

— Ta famille n'avait pas les moyens de te les payer ?

Mark avait l'impression de traverser un champ miné, chaque question avait le potentiel de trop en révéler à son sujet.

— Je n'ai pas vraiment de famille.

— Tu es orphelin ? demanda Ash en fronçant les sourcils.

— Ma famille m'a mis à la porte en apprenant que j'étais gay, expliqua-t-il en regardant ses mains.

— Ils t'ont abandonné ?

— C'est plus compliqué que ça, mais je n'aime pas vraiment en parler, dit-il en prenant une gorgée de champagne pour se donner une contenance, avant de changer de sujet : Et vous monsieur Armi-

— Ash, s'il te plaît.

— Très bien. Et vous, Ash ? Quels sont vos projets et vos rêves ?

Le prince reposa son verre, le regard perdu dans le vague.

— Je n'en ai pas vraiment, je crois. C'est le problème d'être né avec une cuiller en argent dans la bouche, ça a tendance à tuer les rêves dans l'œuf.

— Vous vous foutez de moi ? demanda Mark, avant réaliser ce qu'il venait de dire et de plaquer de nouveau sa main sur sa bouche, le regard horrifié.

Ash eut d'abord l'air choqué, puis il éclata de rire avec tellement de force que Mark se mit à craindre qu'il s'étouffe.

— Juste au moment où je commençais sérieusement à croire que tu étais une petite nature timide et délicate, hoqueta-t-il entre deux éclats de rire. Je suis content d'apercevoir cette nouvelle facette de ta personnalité.

— Je suis désolé, je n'aurais jamais dû dire ça, c'était incroyablement impoli.

Ash reprit son souffle et posa son regard perçant sur le jeune homme.

— Bien sûr que non, tu n'es pas désolé. Tu t'échines comme un forcené pour un salaire de misère et zéro remerciement, évidemment qu'un gosse de riche comme moi te porte sur les nerfs.

Mark secoua la tête avec ferveur pour le contredire, mais Ash leva une main pour interrompre un nouveau flot d'excuses inutiles.

— Tu sais ce que tu veux, et tu sais où tu vas, c'est admirable. La seule chose que j'ai vu se mettre en travers de ton chemin, c'est cette ordure de sous-chef. Je ne sais pas ce qui t'est arrivé avant pour être dans cet état, mais j'ai bien vu que tu avais d'horribles flashbacks. Ce que je voudrais savoir, c'est pourquoi tu m'as embrassé dans un moment pareil.

Il ne tournait pas autour du pot. Le cœur de Mark se mit à battre très fort. Que fallait-il répondre ?

— Vous veniez de me sauver, j'étais confus et soulagé. Personne n'avait jamais pris ma défense.

— Une poignée de main aurait suffi.

— Je viens de vous le dire, j'étais confus.

— Ce n'était pas un petit baiser de remerciement du bout des lèvres, ça ressemblait davantage à une palpation des amygdales.

Mark se leva brusquement et traversa le salon pour mettre de la distance entre eux.

— Je me suis déjà excusé, qu'est-ce que vous voulez de plus ? Je vous ai dit que j'étais gay, et vous êtes extrêmement séduisant. Vous me serriez dans vos bras et vous sentiez incroyablement bon, je me sentais enfin en sécurité, l'adrénaline a eu raison de moi et j'ai... Enfin vous savez.

— M'aurais-tu embrassé si les circonstances avaient été différentes ? demanda Ash en croisant les doigts sous son menton.

— Quel genre de circonstances ? Un stand de baisers à une fête foraine ? demanda-t-il sur un ton sarcastique.

— Non, mais au cours d'un dîner dans une suite d'hôtel, par exemple.

— Bien sûr que non ! s'exclama Mark paniqué.

Il fallait qu'il sorte d'ici au plus vite.

— Pas même si tu savais que j'en avais envie ?

— Pourquoi en auriez-vous envie ? demanda Mark, le cœur au bord des lèvres.

Ash se leva pour se resservir un verre de champagne. Il tendit la bouteille en direction de Mark avec un regard interrogateur, mais le jeune homme secoua négativement la tête.

— Redemande-moi quel est mon rêve.

Mark se força à respirer calmement. La situation le dépassait, il fallait qu'il s'en aille avant de commettre l'irréparable.

— Je crois que je ferais mieux de m'en aller.

— Non, il nous reste le dessert. Redemande-moi.

— Quel est votre rêve ? céda Mark.

— Je n'en ai pas. Je n'en ai pas parce que je suis trop occupé à jouer un rôle au quotidien. Je suis un menteur Mark, un menteur professionnel, et la personne à laquelle je mens le plus, c'est moi-même. Quand je te vois mener ta vie, honnête, fier et courageux, je me dégoûte et j'ai honte de vivre.

Les yeux rivés sur le prince, Mark ne pouvait plus bouger. Il était comme un papillon de nuit attiré par une flamme incandescente.

— À quel propos avez-vous menti ?

— À propos de tout. Je suis sûr que tu connais déjà la réponse principale.

— Vous êtes gay, murmura Mark.

— Oui.

VII

MARK SECOUA férocement la tête en marchant à reculons vers la porte de la sortie.

— Non. Non, il est hors de question que je rentre dans votre petit jeu !

— Quel petit jeu ? demanda Ash en fronçant les sourcils.

— Pour qui me prenez-vous ? Vous croyez que vous pouvez commander votre dîner et le serveur pour la nuit ? Vous croyez que je suis à la carte ? Ce n'est pas parce que je suis pauvre et que je vous ai embrassé dans un moment de panique que ça vous donne le droit de me traiter comme une prostituée !

— Qu'est-ce que tu racontes ? À quel moment t'ai-je laissé entendre que je te traitais comme une prostituée ? rétorqua Ash en se rapprochant comme s'il voulait le retenir.

— Oh ne faites pas semblant ! Le riche héritier qui commande son repas et réclame la présence du petit serveur gay ? Ce n'est pas ce que vous aviez en tête peut-être ?

— Bien sûr que non !

— Alors à quoi jouez-vous ?

— À rien ! Je ne sais pas… Écoute, je ne sais pas ce que j'attendais de ce repas. Presque personne ne sait que je suis gay, pas même mes parents. Je n'aurais aucun intérêt à chercher une aventure d'un soir avec un jeune serveur, ça pourrait ruiner ma réputation. Je ne sais pas pourquoi je te l'ai avoué, mais c'est toi le maître du jeu, Mark. Si tu le voulais, tu n'aurais qu'à appeler la presse et leur vendre la nouvelle.

— Jamais ils ne me croiraient, riposta le jeune homme en croisant les bras.

— Ça n'a pas d'importance, ils n'ont pas besoin de te croire. Ils ont une source qui leur révèle que le Prince Armitage est gay, jamais ils ne manqueraient l'occasion d'imprimer un gros titre pareil. Tu as ma vie entre tes mains, tu pourrais la détruire avec un seul coup de fil.

— Pourquoi ferais-je une chose pareille ? s'exclama Mark horrifié.

— Je ne pense pas que tu en sois capable, et je crois que c'est pour ça que je te l'ai dit. Écoute, cette conversation a pris une tournure inattendue. Pourquoi ne prendrions-nous pas calmement notre dessert ? l'invita-t-il en désignant le canapé d'un geste de main.

— Ne vous imaginez pas que vous allez pouvoir me cajoler ou acheter mon silence, je ne suis pas ce genre de personne, je me fiche de votre argent.

Ash était d'accord là-dessus, cet étrange jeune homme n'était définitivement pas ce genre de personne. Mais qui était-il alors ?

— Je sais, ce n'est pas ce que je suis en train d'essayer de faire. Je veux simplement parler. C'est très solitaire, la vie d'un menteur.

Mark le fusilla du regard derrière ses ridicules lunettes, son bonnet enfoncé sur la tête. L'envie irrépressible de le lui retirer démangeait Ash, mais le jeune homme était trop méfiant, il ne lui pardonnerait pas un tel geste. Il resta immobile, à quelques pas de la porte, puis après un long soupir, sembla avoir pris une décision. Il alla s'asseoir sur le canapé. Ash se sentit ridiculement soulagé. Il leva ses deux mains devant lui, comme s'il essayait de calmer un animal sauvage.

— Ne bouge pas, je reviens.

Une crème brûlée à la noix de coco, c'était exactement ce dont ils avaient besoin en cet instant. Une note de sucre et de douceur. Il courut dans la cuisine, récupéra les deux ramequins en porcelaine dans le réfrigérateur et les posa sur le plateau, accompagnés de deux tasses du café que Mark avait dû mettre à couler en arrivant. Il ajouta un nuage de crème fouettée dans chacune des tasses sans prendre la peine de demander son avis à Mark. Il avait presque peur de lui demander quoi que ce soit dans l'état actuel des choses. Le gamin était tellement entier et passionné. Ash se surprit à sourire.

Il retourna dans le salon en emportant le plateau avec lui. Le jeune homme était toujours là, assis sur le canapé, les bras croisés, mais il avait encore l'air très renfrogné. Ash posa une crème brûlée et un café devant lui sur la table basse, puis s'assit sur l'un des fauteuils avec son propre dessert. Les plis soucieux sur le front de Mark se creusèrent davantage.

— Vous ne devriez pas être en train de me servir.

— Est-ce la raison pour laquelle tu as l'air aussi contrarié ?

— Entre autres.

— Mange ton dessert, nous ferons la liste après.

Ash plongea sa cuiller dans le dessert crémeux et la porta à sa bouche. Les saveurs combinées de la crème, de la noix de coco et du sucre caramélisé explosèrent sur sa langue, et il s'abandonna contre le dossier du fauteuil en portant une main dramatique à son cœur.

— Mon Dieu que c'est bon.

— Je vous l'avais dit, lança Mark en essayant de dissimuler un petit sourire.

— Pourquoi ne manges-tu pas la tienne ?

Mark attrapa délicatement sa cuiller, l'air suspicieux.

— Tu m'as dit toi-même que c'était un dessert à ne pas manquer, tu ne vas quand même pas t'en priver.

— Je n'ai jamais vraiment goûté, avoua-t-il en regardant le dos de sa cuiller, mais c'est ce que j'ai entendu tout le monde dire.

Cette timide révélation serra le cœur d'Ash.

— J'ai peur de trop d'aimer et de ne plus jamais pouvoir y goûter, ajouta-t-il en relevant les yeux vers le prince.

Ash supplia le ciel de lui donner la force de résister à la tentation de ce jeune homme et de son mélange enivrant de candeur et de culot. Il se leva, contourna la table basse et s'assit juste à côté de lui sur le canapé. Mark écarquilla les yeux de stupeur, mais Ash ne lui laissa pas le temps de réfléchir. Il lui prit sa cuiller des mains, la remplit de crème brûlée, et la porta à ses lèvres, séduit malgré lui par sa petite moue boudeuse.

— Ouvre la bouche, tu mérites de goûter à cette merveille. Tu mérites d'avoir tout ce que tu souhaites.

Le regard de Mark était étrangement brillant, mais il ne résista pas. Il ouvrit lentement la bouche et Ash observa, comme hypnotisé, le mouvement de sa langue qui s'enroulait autour de la cuiller. Il frissonna. Que n'aurait-il pas donné pour découvrir les autres talents de cette langue adroite. Tous les muscles de Mark se détendirent d'un coup et il fondit contre les coussins du canapé avec un gémissement de satisfaction.

— Encore ?

Ses grands yeux bruns mi-clos fixèrent le prince et il hocha la tête.

Ash lui offrit une autre cuillerée et Mark l'accueillit en fermant complètement les yeux cette fois. Il savoura la bouchée un long moment avant de l'avaler.

— Ash ? demanda-t-il à voix basse.

— Oui ?

— Comment pouvez-vous supporter de cacher qui vous êtes vraiment jour après jour ?

Ash lui présenta une autre cuillerée.

— Ça fait tellement longtemps que j'ai pris ce réflexe, je crois que j'ai fini par m'y habituer. Tu ne t'es jamais caché toi, pas vrai ?

Mark accepta docilement la cuiller et secoua la tête.

— Non. J'avais quatorze ans quand j'ai compris que j'étais gay. Je l'ai tout de suite dit à ma famille. Ma mère m'a accepté sans poser de question, mais le reste de la famille a très mal réagi. Elle est morte peu de temps après et ils m'ont mis à la porte.

— Mon Dieu… Quel âge avais-tu ?

— Je venais tout juste d'avoir seize ans.

— Et depuis l'âge de seize ans, tu te débrouilles complètement seul ?

— Oui.

Il était tellement courageux. Ash appuya son épaule contre le dossier du canapé en le scrutant avec fascination.

— Je crois que j'avais une peur panique de vivre exactement ce que tu viens de décrire. Je n'aurais jamais survécu au rejet de ma famille. J'ai grandi dans un cadre très classique, et je suis fils unique, mes parents ont toujours eu une idée bien précise de ce qu'ils attendaient de moi. Je n'ai pas eu le courage d'affronter leur déception, même si avec chaque année qui passait, le mensonge devenait plus difficile à porter.

Il se rassit sur le bord du canapé et proposa une nouvelle cuiller de crème brûlée à Mark, mais le jeune homme secoua négativement la tête.

— Non seulement je leur mens, mais en plus je ne suis même pas capable de les rendre fiers. Je ne travaille pas, je ne suis toujours pas marié, et je ne sais pas ce que je veux faire de ma vie. Ce ne sont pas des gens méchants ni trop exigeants. Mon père peut même se montrer bienveillant quand il veut.

Il prit une inspiration tremblante et trouva le regard de Mark. Il n'y avait pas l'ombre d'un jugement dans les yeux du jeune homme, rien d'autre que son attention la plus totale et de la compassion.

— Ma mère est une dépensière compulsive. Parfois je me dis qu'elle achète toutes ces choses pour combler un manque qu'elle n'a pas su remplir en m'élevant.

Sentant les larmes lui venir aux yeux, Ash se leva brusquement, débarrassa la vaisselle de leur dessert et disparut dans la cuisine. Il jeta le tout dans l'évier, s'appuya au comptoir, la tête baissée entre ses épaules tendues, et se força à respirer calmement. Il entendit un bruit de pas, puis le grincement de la porte battante. Mark posa doucement une main sur son épaule.

— Je suis sûr qu'ils sont très fiers de vous, Ash. Comment pourraient-ils ne pas l'être ?

Ash se tourna vers lui et admira pendant de longues secondes les ombres qui jouaient à cache-cache sur les méplats de son visage dans la faible lumière dorée de la cuisine. Il était si proche, il pouvait sentir la chaleur réconfortante de son corps.

— Que ferais-tu à ma place ? murmura-t-il.

— Vos problèmes sont bien trop grands pour un simple serveur comme moi, sourit tristement le jeune homme en secouant la tête. Je ne sais pas comment j'aurais mené ma vie face à des responsabilités comme les vôtres. Quand j'ai dit la vérité, je n'étais encore qu'un gamin, je n'ai pas songé aux conséquences. J'en ai beaucoup souffert, même si je ne regretterai jamais cette décision.

Ash posa une main sur la joue de Mark. Sa peau était douce comme de la soie, la naissance de sa barbe à peine perceptible. Ash se demandait à quoi ressemblaient ses cheveux sous son éternel bonnet.

— Tu as un courage incroyable, Mark.

— Ne dites pas n'importe quoi, vous m'avez bien vu dans le couloir hier, j'étais complètement incapable de me défendre.

— Le simple fait que tu sois là aujourd'hui, la tête haute, prêt à continuer de te battre malgré tout ce qui t'est arrivé dans ta vie, ne fait que prouver ta force de caractère. Tu te lèves jour après jour avec cette énergie solaire, comme une sorte de mystérieux pouvoir magique, réservé aux séduisants jeunes hommes avec un bonnet et des lunettes de grand-père, plaisanta-t-il gentiment en tapotant son couvre-chef du bout de l'index.

Il laissa retomba sa main et prit une décision.

— Est-ce que je peux t'embrasser ?

Mark hocha la tête et Ash prit délicatement son visage entre ses mains. Le bout de ses doigts effleura la laine de son bonnet. L'haleine du jeune homme sentait la noix de coco et ses lèvres étaient encore brillantes de sucre. Ash appuya sa bouche contre la sienne avec une douceur incroyable, pour ne pas l'effrayer, pour ne pas le faire fuir. Mais quelques secondes seulement après le premier contact, une vague de chaleur déferla sous sa peau, lui embrasa le crâne, et se concentra tout droit vers son entrejambe. Ash se recula rapidement et se mordit les lèvres. Il fallait qu'il se contrôle.

Mais avant même qu'il puisse faire quoi que ce soit pour rassurer le jeune homme, Mark l'agrippa par l'arrière du crâne et glissa sa langue entre ses lèvres sans préambule. Ash fondit entre ses bras et laissa ses mains voyager le long des flancs de Mark, jusqu'à ses fesses, qu'il agrippa pour combler la distance entre leurs corps. Le jeune homme lui dévorait la bouche, il lui mordillait les lèvres sans aucune retenue. Et dire qu'Ash avait eu peur de le brusquer.

Il sentit ses genoux se mettre à trembler et dut s'appuyer au comptoir pour ne pas céder au poids des sensations. Mark l'attrapa par les hanches d'une poigne solide et pleine d'assurance, et l'une de ses mains s'égara plus bas. Il traça d'un doigt taquin la couture du pantalon d'Ash, juste entre ses fesses, et Ash frissonna. Il n'avait pas eu d'érection comme ça depuis des années. Il ne rêvait que d'une chose, faire disparaitre la barrière de leurs vêtements d'un claquement de doigts et sentir les mains du jeune homme à même sa peau.

La main de Mark glissa sur le devant de son pantalon et défit un à un les boutons de sa braguette, comme s'il venait de lire dans son esprit. Ash pressa ses hanches contre lui, cherchant désespérément le contact de sa paume contre son sexe tendu. Mark lui susurra des mots d'encouragement en glissant enfin sa main dans son caleçon. Ash sentit ses yeux rouler dans leur orbite et il poussa un gémissement. Comment avait-il pu croire un seul instant que ce dieu du sexe était un jeune vierge timide ?

La sensation des doigts calleux de Mark contre la peau sensible de son sexe était tout simplement exquise. Ash ferma les yeux et gémit de nouveau.

— Dois-je continuer ? demanda Mark, un sourire dans la voix.

— Oui, oui, je t'en supplie, continue.

Ce n'était pas très digne de supplier, mais Ash n'en avait que faire, c'était trop bon. Son pantalon glissa le long de ses hanches, jusqu'à ses genoux, et son boxer suivit très vite. Il sentit Mark s'agenouiller devant lui et l'entendit émettre un son entre ses lèvres, comme s'il réfléchissait. Il ne savait pas si c'était une bonne ou une mauvaise chose, il n'était plus en capacité de réfléchir.

— Est-ce que je peux te sucer sans préservatif ? Je ne risque rien ?

Le cerveau d'Ash court-circuita au mot « sucer ».

— Quoi ? Je… Oui. Je suis toujours très prudent. Et je n'ai pas vraiment eu beaucoup de partenaires.

— Tant mieux.

Et sans prévenir, Mark l'engloutit tout entier. La chaleur étroite et parfaite de sa bouche talentueuse se referma sur le sexe turgescent d'Ash, et c'était comme si toutes ses terminaisons nerveuses étaient en feu. Un rire nerveux lui échappa.

— J'ai failli battre un record humiliant d'éjaculation précoce.

Mark relâcha son sexe dans un bruit humide et délicieusement obscène.

— Je voulais être sûr que tu comprennes mes intentions, murmura-t-il avant de le lécher lascivement du gland jusqu'aux testicules.

Il joua avec le bout de sa langue pendant de longues minutes et Ash sanglota de plaisir.

— Tout va bien ? demanda Mark doucement.

— Oui je… C'est juste que personne ne m'avait jamais touché comme ça.

— Mais ça te plaît ?

— Beaucoup.

Mark reprit son ouvrage et Ash se cramponna si fort au plan de travail que ses phalanges blanchirent. Le jeune homme l'engloutit de nouveau, et Ash était tellement dur que c'en était presque douloureux.

Il exerçait la succion parfaite, un rythme de va-et-vient parfait, tout était parfait, c'était trop pour Ash.

Il se laissa glisser sur le sol et Mark le suivit docilement, sans jamais que sa bouche ne se détache de lui. À demi allongé sur le carrelage de sa cuisine, la tête inconfortablement appuyée contre une poignée de placard, Ash regarda avec émerveillement cet étrange jeune homme avec son bonnet et ses lunettes qui étaient en train de lui faire vivre l'expérience sexuelle la plus fantastique de sa vie.

Il cria son nom, donna un, puis deux coups de hanche incontrôlés, et jouit dans sa bouche avec une telle force que les bords de sa vision se floutèrent. Le reste du monde disparu autour de lui, il n'y avait plus que lui et ce sublime garçon qui était entré dans sa vie avec fracas.

MARK ADMIRA avec satisfaction la longue silhouette musclée allongée sur le sol. Même avec son pantalon aux genoux et son sexe flasque sur la cuisse, Ash restait l'homme le plus séduisant qu'il ait vu de toute sa vie. Il n'arrivait pas à croire ce qu'il venait de faire. Ash ne cessait de lui répéter qu'il était courageux, et puis il s'était ouvert à lui, lui avait offert sa vulnérabilité, et Mark n'avait pas pu résister. Mais qu'avait-il gagné à céder à ses pulsions sans réfléchir ? Une érection dont sans doute personne n'allait s'occuper, et trois tonnes de nouvelles inquiétudes. Certes, il détenait maintenant le secret d'Ash et il pouvait faire pression sur lui, mais c'était donnant donnant. Ash pouvait tout aussi bien dénoncer son attitude à ses responsables. Et si Ash le faisait chanter pour coucher avec lui ? C'était bien beau de lui avoir servi le discours du noble serveur qu'on ne peut pas acheter, mais c'était beaucoup moins crédible maintenant qu'il venait de lui faire une gâterie sur un coin de comptoir.

Il était tellement stupide. Ashton Armitage le rendait stupide, il l'empêchait de former toute pensée cohérente. Il était tellement beau, et ce soir Mark avait découvert qu'il était aussi humble, sensible et étonnamment fragile. Il fallait qu'il s'éloigne de lui avant qu'il ne soit trop tard.

— Ash ?

— Humm ?

— Il faut que j'y aille. Ils vont attendre que je leur ramène la vaisselle en cuisine, et ça fait déjà un long moment que je suis parti.

Ash se redressa sur ses avant-bras et tendit une main vers Mark pour lui caresser la joue.

— Tu ne peux pas partir maintenant, c'est à mon tour de m'occuper de toi.

C'était terriblement tentant. Dangereusement tentant.

— Il faut vraiment que j'y aille, ils risquent d'envoyer quelqu'un d'autre pour savoir pourquoi je prends autant de temps.

Ce n'était pas tout à fait vrai. Il y avait peu de chance pour qu'ils osent venir déranger le prince Armitage, mais Sa Majesté n'était pas censée savoir ça.

Il continua de lui caresser la joue, chaque caresse étant comme directement connectée au sexe de Mark, douloureusement emprisonné dans les confins de son pantalon d'uniforme.

— Je veux te faire plaisir aussi. Je ne suis pas aussi doué que toi, mais je ne manque pas d'enthousiasme.

— Une autre fois peut-être, répondit Mark en riant malgré lui, touché par la sincérité d'Ash.

— Tu me promets qu'il y aura une autre fois ? demanda-t-il, ses grands yeux bleus pleins d'espoir.

Mark se refusait à répondre à cette question, il ne pouvait pas prendre le risque de faire des promesses pareilles.

— S'il te plaît, insista Ash.

— D'accord, d'accord, c'est promis.

VIII

KIKI REGARDA nerveusement autour d'elle en priant pour que les gens déjà attablés dans le salon ne leur prêtent pas attention.

— Mère, je vous en prie, parlez moins fort.

— Ne prend pas ce ton-là avec moi jeune fille. Je veux savoir exactement tout ce qui s'est passé pendant ce dîner. Ça fait deux jours que tu m'évites, j'exige des réponses.

Bérénice lui sourit cruellement depuis l'autre bout de la table. Elle semblait extrêmement amusée par la conversation. Kiki rêvait secrètement de lui faire ravaler son rictus.

— Il a été très courtois et nous avons passé une charmante soirée, je ne vois vraiment pas ce que tu veux savoir de plus.

— T'a-t-il embrassée ?

— Bien sûr que non !

— De quoi avez-vous parlé ?

— De mes études et d'œuvres de charité.

Elle se garda bien d'ajouter le chapitre sur la proposition d'un mariage arrangé.

— Et il n'a pas dit s'il avait l'intention de te revoir ?

— Je vous avais dit qu'elle le ferait fuir, elle est beaucoup trop coincée, se moqua Bérénice.

— Kiki, j'espère que tu ne t'es pas montrée impolie envers le prince.

— Non, nous nous sommes très bien entendus.

— Alors pourquoi ne t'a-t-il pas proposé un autre rendez-vous ?

— Vous n'avez qu'à le lui demander.

— Excellente suggestion, répondit sa mère en parcourant la salle des yeux dans l'espoir de tomber sur le prince.

Au grand soulagement de Kiki, il n'était pas là.

— Allons faire un tour et voir si nous pouvons le croiser, dit-elle en se levant.

Bérénice l'imita aussitôt, mais Kiki resta résolument assise en secouant la tête.

— Je suis désolée, mais ce sera sans moi. Je refuse de m'humilier davantage.

— Kiki, commença sa mère sur un ton menaçant.

— J'ai dit non mère, je ne reviendrai pas sur ma décision.

Madame Fanderel la dévisagea pendant un long moment, puis, après un reniflement dédaigneux, elle se dirigea vers la terrasse, Bérénice sur les talons.

Kiki prit une longue gorgée de café en contemplant le désastre de sa vie. Elle était consciente qu'elle ferait de sa mère la femme la plus heureuse du monde en épousant Ashton Armitage. Si elle était parfaitement honnête avec elle-même, elle devait admettre qu'elle considérait vraiment cette option ; posséder tout le temps et l'argent dont elle avait besoin pour voyager, étudier la musique avec les meilleurs professeurs. C'était presque une solution de rêve. Ce n'était pas comme si elle avait déjà quelqu'un qui comptait dans sa vie. Pourquoi était-elle si réticente au fond ? La proposition du prince était plutôt honnête. Elle ne serait pas forcée de coucher avec lui. Était-ce si grave que ça si la moindre de ses dépenses était scrutée par des experts financiers ? Mais son estomac se révolta à cette simple idée. Elle ne tenait pas à ce que sa vie devienne un mauvais remake de *1984*, elle refusait de vivre sous la surveillance permanente des médias et d'une famille qui avait probablement ses propres services secrets.

— Je ne sais pas à quoi vous pensez, mais ça n'a pas l'air agréable.

Kiki leva la tête. C'était Ronnie, l'assistante d'Ash.

— Ça ne l'était pas. Merci pour l'interruption. Ronnie, c'est ça ? Comment allez-vous ?

— Moi ça va, c'est à vous qu'il faut demander cela.

— On fait aller, répondit Kiki dans une grimace mutine.

Ronnie tira la chaise à côté d'elle et s'y installa.

— Que vous arrive-t-il ? Avez-vous envie d'en parler ?

Kiki ne savait pas dans quelle mesure elle pouvait lui parler de sa soirée avec Ash. Ronnie était sans doute au courant de tout, elle avait l'air d'être sa meilleure amie, plus que son assistante.

— J'ai un cas de conscience.

Ronnie éclata de rire. Elle avait un rire franc et agréable.

— Qu'est-ce qui vous tourmente ?

— Une tentation à laquelle je ne sais pas si je devrais céder.

— Qui a dit « le seul moyen de résister à la tentation, c'est d'y céder » déjà ? demanda-t-elle en riant de plus belle.

— Oscar Wilde, je crois.

— Voulez-vous aller marcher un peu pour vous changer les idées ?

Kiki observa Ronnie avec attention. Elle était grande, mince, ses courts cheveux blond platine et ses traits déterminés lui donnaient un air féroce, presque sauvage. Elle savait déjà qu'elle allait l'apprécier.

— Excellente idée.

Elles sortirent sur la terrasse et longèrent la piscine pour atteindre les jardins. Derrière un grillage, un match de tennis était en train de se jouer. Ronnie enfila ses lunettes de soleil.

— J'ai cru comprendre que vous envisagiez de l'épouser, dit-elle de but en blanc.

— Directement dans le vif du sujet, rit Kiki en secouant la tête. Mais oui, bien vu, c'est de cette tentation dont je parlais. Je ne suis pas certaine de supporter que ma vie soit examinée à la loupe en permanence. J'ai assez de ma mère. Je n'ai jamais vraiment voulu me marier, mais quitte à y être obligée, la proposition d'Ashton semble présenter beaucoup d'avantages sans les inconvénients.

— J'imagine que vous en êtes consciente, mais la société Armitage aura un droit de regard sur la façon dont vous gérez votre argent jusqu'à la fin de votre vie.

— Je sais bien, dit-elle en se penchant sur une rose pour en humer le parfum.

— C'est une jolie fleur, remarqua Ronnie. Elle vous ressemble beaucoup.

Le visage de Kiki s'éclaira d'un large sourire. C'était le plus gentil compliment qu'on lui ait fait de toute sa vie.

— Vous avez besoin de l'argent ? demanda Ronnie en observant une autre fleur.

— Je n'en ai pas *besoin* à proprement parler. Mon oncle est riche, mais pas ma mère. Elle rêve de mettre le grappin sur la fortune de la famille Armitage, et je ne vais pas mentir, je ne suis pas contre la lui offrir. Je veux m'assurer qu'elle puisse couler des jours paisibles sans avoir à s'inquiéter au sujet de l'argent. Elle peut paraître insupportable, mais ce n'est pas une mauvaise mère.

— Vous perdrez votre indépendance, remarqua Ronnie.

— Je sais, j'y ai songé, répondit Kiki en scrutant curieusement le visage de la jeune femme. À vous entendre, on pourrait croire que vous essayez de me dissuader.

Ronnie se passa une main nerveuse dans les cheveux.

— Je veux le meilleur pour Ash, et je sais que vous êtes la meilleure candidate, c'est juste… je ne sais pas.

— Si je l'épousais, nous serions amenées à nous croiser très souvent.

— Je sais, répondit Ronnie, j'y ai songé.

MARK ÉTAIT en train de passer la serpillère sur le marbre du hall d'entrée, perdu dans le mouvement monotone de ses gestes et dans le souvenir ardent de sa soirée avec le prince. C'était comme s'il pouvait encore le sentir dans sa bouche.

Il avait fini par obtenir ce qu'il voulait : une aventure avec le prince. Alors pourquoi se sentait-il aussi mal ? Sans doute parce qu'il voulait plus qu'une aventure. Sans doute parce qu'il avait découvert que le prince était étonnamment vulnérable, drôle et humble.

Mark soupira. Ces quelques heures passées en compagnie d'Ash n'avaient servi qu'à lui montrer tout ce qui allait lui manquer lorsqu'il aurait épousé Kiki et qu'il serait à tout jamais inaccessible. À moins qu'il ne choisisse de s'enfuir avec Mark… N'importe quoi. Que lui prenait-il d'imaginer des sottises pareilles ? Comme si Ash pouvait choisir le pauvre petit nettoyeur de cheminée plutôt que la jolie jeune fille de bonne famille. Pourtant il avait semblé être si heureux la veille dans la cuisine…

— Psst !

Mark leva la tête, mais les rares clients qui étaient dans le hall prenaient tous soin de marcher le plus loin possible de lui. Il se retourna et fut surpris de trouver Mister P. sur le seuil de la véranda. Comment avait-il pu ne pas l'entendre approcher ? Le petit homme porta un doigt à ses lèvres pour lui indiquer de rester silencieux, puis pointa vers la gauche, en direction de l'arrière-cuisine. Mark hocha discrètement la tête et se remit à essuyer le sol comme si de rien n'était. Qu'est-ce que le petit elfe pouvait bien lui vouloir cette fois ? Mark était curieux malgré lui. Il avait fait quelques recherches sur internet au sujet des gens qu'il lui avait présenté et il en avait encore des étoiles dans les yeux. Ils étaient tous des noms très connus dans le monde de la mode. Malgré tout, il restait méfiant, se demandant toujours ce que Mister P. pouvait bien gagner dans cette histoire.

Essayant d'avoir l'air le moins suspect possible, il rangea son balai et sa serpillière dans le chariot, et le fit discrètement rouler en direction de l'arrière-cuisine. Il entra et referma soigneusement la porte derrière lui.

— Bonjour Mister P., est-ce que je peux faire quelque chose pour vous aider ?

— J'ai demandé à un de mes amis de te réclamer au room service.

— Oh, super. Merci.

— Non, non, non, c'est une couverture. Au lieu d'aller faire le service pour lui, tu vas venir avec moi à un rendez-vous très important.

— Mais, et votre ami ? Que va-t-il penser ?

— Ne t'inquiète pas pour ça. C'est une des personnes que je t'ai déjà présentées, je lui ai dit que tu avais besoin de temps pour travailler sur la robe que tu créais pour le bal.

— Le bal ? Quel bal ?

— Le bal de fin de saison, voyons ! Nous aurons le temps de parler de tout ça plus tard. Va vite enfiler une tenue époustouflante, et retrouve-moi au même endroit que d'habitude.

Ils avaient monté tout un stratagème pour se retrouver sur le parking devant l'hôtel afin de faire croire que « Mariel » venait d'arriver.

— Allons-nous rencontrer un autre investisseur potentiel ?

— Si on veut.

— Vous êtes sûr que c'est bien raisonnable Mister P. ? Vous ne croyez pas que nous allons un peu trop loin avec cette histoire de nièce mystérieuse ?

— Mais non mon garçon, n'oublie jamais, qui ne tente rien...

— N'a rien, je sais, termina Mark. Vous avez raison. Et je vous remercie de croire autant en moi.

— J'ai toutes les raisons de croire en toi, répondit-il avec un grand sourire étincelant. File t'habiller.

Mark se faufila jusqu'au grenier en essayant de décider ce qu'il allait pouvoir porter. Il travaillait sur une robe bleue depuis quelque temps, taillée dans un splendide tissu que Mister P. l'avait aidé à financer. Il avait vraiment l'impression que le petit homme était devenu sa marraine la bonne fée. Parrain ? Marraine ? Bref, cette robe était sans doute le choix idéal pour faire des étincelles.

Un quart d'heure plus tard, il empruntait l'ascenseur de service pour descendre au sous-sol et sortir sur le parking sans éveiller les soupçons. Il avait encore du mal à s'habituer aux talons, mais au moins il ne s'était pas tordu la cheville. Il n'avait pas l'intention de faire une carrière de drag queen, mais il devait admettre que ça devenait vraiment amusant. La caresse du tissu soyeux sur ses jambes rasées était vraiment agréable, et il adorait pouvoir porter ses longs cheveux détachés sans avoir à s'inquiéter de la moindre remarque. Cette fois-ci, il avait sorti le grand jeu : il portait du fond de teint, du fard à paupières et du rouge à lèvres. Même lui avait eu du mal à reconnaitre son reflet dans le miroir.

Il aperçut Mister P. et s'empressa de le rejoindre. Il se demandait qui ils allaient rencontrer aujourd'hui.

— Mariel, ma chère, je suis ravie que tu aies pu faire le déplacement.

Mark fronça les sourcils, puis il aperçut les deux commis qui étaient en pause cigarette à quelques mètres, et entra dans son rôle.

— Bonjour mon oncle, dit-il en se penchant pour embrasser Mister P. sur la joue. Qui rencontrons-nous aujourd'hui ? ajouta-t-il à voix basse.

— C'est une surprise, suis-moi, dit-il en lui offrant le bras.

Mark posa délicatement sa main à la pliure de son coude et ils entrèrent dans l'hôtel.

— Vous n'avez vraiment pas l'intention de me révéler quoi que ce soit sur ce mystérieux rendez-vous ?

— Non, dit-il simplement avec un sourire narquois.

— Lutin maléfique, chuchota Mark sur ton amusé.

— Si seulement tu savais mon garçon.

À leur entrée dans le salon, les murmures et les exclamations habituelles tombèrent dans leur sillage, mais Mark y prêta à peine attention. Jouer la princesse avait déjà perdu de son éclat. Le soleil brillait à travers les gigantesques fenêtres ouvertes de la salle, laissant entrer un léger vent frais et les bruits du bord de la piscine. Ils passèrent devant un couple que Mister P. lui avait déjà présenté, et Mark se demanda si c'était eux qu'ils retournaient voir, mais le petit homme se contenta de les saluer d'un signe de tête et poursuivit son chemin. Ils quittèrent le grand salon et se dirigèrent vers une petite salle plus intime dans laquelle Mark avait l'habitude de nettoyer la cheminée.

Il songea machinalement à ses mains. Il n'avait pas eu le temps de se brosser les ongles, il espérait que personne ne remarquerait. Mister P. ouvrit la porte de la pièce et le laissa entrer le premier. L'endroit était plus sombre, mais aussi plus cosy. Le feu dans la cheminée était allumé, et une table pour quatre était dressée au milieu de la pièce. Deux personnes étaient déjà attablées, dont une jeune femme aux cheveux blond platine que Mark avait déjà croisée ; c'était l'assistante d'Ash. Mark se demanda ce qu'elle pouvait bien faire à un repas d'affaire avec des gens de l'industrie de la mode.

Puis l'autre personne se tourna légèrement et Mark reconnut aussitôt le profil du prince. Ses cheveux blond cendré mi-longs étaient coiffés en catogan, soulignant la courbe séduisante de sa mâchoire et de son cou. Il avait l'air différent, plus sérieux, mais il était toujours aussi beau.

Mark sourit machinalement. Ash l'aperçut et lui rendit son sourire, avant de froncer légèrement les sourcils. C'est à cet instant que Mark se souvint. Il n'était pas Mark, il était Mariel. Il se tenait debout devant le prince, déguisé en femme. Qu'est-ce qu'Ash faisait ici ? Que manigançait Mister P. ?

Mark se pencha vers le petit homme qui affichait une expression indéchiffrable.

— Est-ce lui l'investisseur que nous devons rencontrer ?

— Monsieur Armitage voulait faire ta connaissance Mariel. Il m'a avoué qu'il t'admirait à distance depuis plusieurs jours.

Mark regarda de nouveau Ash qui avait l'air perdu, la bouche légèrement entrouverte. Ashton Armitage voulait rencontrer Mariel ?

Pour quoi faire ? Ne venait-il pas d'avouer à Mark qu'il était gay ? Oh, Mark venait de comprendre. Il voulait rencontrer Mariel parce qu'il comptait toujours se marier et que Kiki Fanderel se montrait hésitante. Il avait besoin d'une roue de secours.

Mark avait la réponse à sa question. Non. Non, il n'y avait définitivement aucune chance pour que le prince le choisisse lui, Mark Sintorella. Il s'était bien amusé avec lui le temps d'une soirée, mais il l'avait déjà oublié, et il courait après sa prochaine épouse potentielle. À quoi s'était-il attendu ? C'était ce qui arrivait quand on se prenait à rêver, la réalité vous écrasait sans pitié. Il n'y avait pas de fin heureuse pour les pauvres petits nettoyeurs de cheminées. Les larmes se mirent à couler le long de ses joues.

— Je suis désolé, je ne peux pas. Je ne veux pas.

Il se tourna précipitamment, faillit se prendre les talons dans sa robe, et s'enfuit en courant.

Derrière lui, il entendit la voix d'Ash l'appeler.

— Mark !

Mais qu'est-ce qui venait de se passer ? Mark ? Mark et la mystérieuse jeune femme ne faisaient qu'un ? Ash se tourna automatiquement vers monsieur Pennymaker.

— Qu'est-ce que ça veut dire ? demanda-t-il.

— Vous vouliez rencontrer Mariel je crois, répondit innocemment le petit homme.

Ronnie se leva et posa une main sur le bras d'Ash pour tenter de le calmer.

— Attendez une minute, je ne comprends pas. Pourquoi tu l'as appelée Mark ? demanda-t-elle à Ash pour essayer de clarifier la situation.

— Parce que c'est son nom ! Mark, Mark Sintorella, le jeune serveur que tout le monde appelle Cendres.

— Le gamin de l'autre soir ?

— Mais oui, ouvre les yeux ! La même bouche pulpeuse, le même regard sombre.

Il fit un nouveau pas en direction de monsieur Pennymaker.

— Que vouliez-vous prouver avec cette petite mascarade ? demanda-t-il à bout de nerf.

— Cette « mascarade », jeune homme, n'avait rien à voir avec vous avant que vous ne vous en mêliez. Mark Sintorella est un jeune styliste au talent très prometteur. Je voulais montrer ses créations à certains de mes amis qui travaillent dans la mode, mais nous n'avions pas de modèle sous la main, et Mark créée les vêtements avec ses propres mesures, alors nous avons improvisé. Il s'avère que notre improvisation a beaucoup mieux marché que prévu.

Ash serra les poings en fusillant Monsieur Pennymaker du regard.

— Vous saviez pertinemment que je ne l'avais pas reconnu, mais vous avez décidé d'organiser ce rendez-vous quand même pour me ridiculiser.

— Vous n'avez pas eu besoin de moi pour cela, monsieur Armitage. Je n'ai fait que suivre vos instructions.

— Pourquoi ?

— Je suis un homme conciliant, répondit-il avec son éternel sourire sibyllin.

— Vous vouliez m'apprendre une leçon.

— Quelle leçon cela peut-il bien être, monsieur Armitage ?

— Je vous le dirais quand je le saurais, grinça-t-il entre ses dents serrées.

IX

COMMENT DIABLE est-ce que les femmes retiraient toute cette peinture de leur visage ? Il avait encore du fond de teint dans les sourcils, et il était presque sûr que s'il descendait travailler avec des traces de rouge à lèvres, cette fois-ci il se ferait renvoyer pour de bon. De toute façon, il ne donnait plus très cher de sa peau. Il finirait sans doute à la porte avant la fin de la journée. Il versa un peu plus du démaquillant que Mister P. lui avait acheté sur un coton, et frotta énergiquement son visage. Il fallait qu'il en enlève le plus possible.

Quelqu'un frappa violemment contre sa porte et il sursauta.

— Mark, laisse-moi entrer, supplia la voix depuis l'autre côté.

— Certainement pas, va te faire voir !

Dans un accès de colère il franchit les deux pas qui le séparaient de la porte et l'ouvrit brusquement en prenant bien soin de bloquer le passage. Il ne portait que son jean. Il prit bien soin de ne pas regarder Ash dans les yeux en s'adressant à lui.

— Je n'ai rien à te dire, retourne à la chasse à la mariée et laisse-moi tranquille. Ne t'inquiète pas pour ton vilain petit secret, je ne dirais rien à personne. Maintenant, va-t'en.

Sur ces derniers mots, il lui claqua la porte au nez. Ash coinça le bout de son pied dans l'embrasure juste à temps, et repoussa la porte et Mark dans le même mouvement. Il profita de ce bref instant de surprise pour entrer et refermer derrière lui.

— Il est hors de question que je m'en aille sans que nous nous expliquions.

Mark grimpa sur son lit pour s'éloigner le plus possible de lui.

— Expliquer quoi ? Que tu veux bien coucher avec moi, mais qu'il faut que tu continues à courir après toutes les femmes de l'hôtel dans l'espoir de te trouver une épouse ? Jamais ! Je refuse de jouer le rôle de la maîtresse !

Debout devant le lit, Ash tremblait de colère. Mark ne put s'empêcher de remarquer que même énervé, il était toujours aussi séduisant, c'était exaspérant.

— Premièrement, je n'ai pas couché avec toi. Si je me souviens bien, tu t'es enfui avant que nous puissions en arriver là. C'est toi qui es parti alors que je te suppliais de rester. Deuxièmement, je ne cours pas après toutes les femmes de l'hôtel, j'ai dîné une fois avec Kiki et je suis tombé sous le charme d'une seule autre femme, qui s'est avérée être toi, pour l'amour du ciel ! J'essayais désespérément de comprendre pourquoi cette superbe brune m'excitait comme ça alors que je n'avais jamais eu de sentiment de ce genre pour une femme auparavant, et la réponse c'est toi ! C'est parce que c'était toi, Mark Sintorella, le plus bel homme que j'ai rencontré de ma vie !

Maudit soit-il, songea Mark, il avait le don pour dire les choses les plus romantiques. Il décroisa lentement les bras et demanda plus doucement :

— Mais ça ne change pas le fait que tu vas bientôt te marier…

— Je n'ai pas le choix, soupira Ash en s'asseyant au bord du lit.

Mark se laissa glissa contre le mur et posa sa tête sur ses genoux.

— Je sais, tu as besoin cet argent.

Ash hocha la tête et se laissa tomber en arrière sur le matelas. Ses cheveux détachés encadraient son visage comme un halo d'argent soyeux.

— Mais il n'y a pas que ça.

— Ne me dis pas qu'il y a aussi un château et un garage rempli de voitures de collection, se força à plaisanter Mark pour tenter d'alléger l'atmosphère.

— C'est le respect des dernières volontés de mon grand-père, expliqua Ash. Il avait confiance en moi et il voulait que cet argent me revienne.

— Si c'était le cas, il ne t'aurait pas forcé à te marier.

— Il ne savait pas que j'étais gay. Pour lui le mariage était une cérémonie importante. Il s'est marié quatre fois. Il voulait que je trouve un peu de stabilité dans ma vie, et il pensait que le mariage était la solution. Il ne pensait pas à mal. Bien sûr, je préférerais avoir le choix, mais un testament est un testament, je ne peux rien y faire. C'est une très, très grosse somme d'argent Mark.

Il posa son avant-bras contre ses yeux et ajouta d'une voix incertaine :

— Je me disais que je pourrais peut-être enfin faire quelque chose de bien avec tout cet argent.

— Et moi donc, marmonna Mark.

Ash ne répondit rien. Mark admira silencieusement la ligne de son corps allongé à ses côtés. Il avait la mâchoire serrée et les épaules tendues.

— Je suis désolé, ce n'était pas une remarque intelligente. Ce que je voulais dire, c'est que je réalise que c'est une grosse somme d'argent, et qu'elle pourrait sans doute aider beaucoup de gens. Que comptes-tu faire avec ?

— Je ne sais pas encore, je n'ai pas d'idée précise. J'ai commencé à me renseigner.

— Te renseigner sur quoi ? insista Mark.

— Promets-moi de ne pas te moquer, lui dit Ash en retirant son bras de sur ses yeux.

— Pourquoi me moquerais-je ? Tu veux écrire un one-man-show ? Guérir la misère du monde par le rire ?

Ash baissa les yeux, l'air déçu, et Mark leva maladroitement les mains en signe d'impuissance.

— Excuse-moi, je ne sais pas pourquoi je suis aussi abrasif, c'est juste… Excuse-moi. Dis-moi à quoi tu penses, ça m'intéresse vraiment.

— Je voudrais lancer une agence d'adoption internationale pour les enfants de la communauté gay, commença-t-il timidement, ses yeux bleus brillant de sincérité. Ce serait un moyen de sauver des enfants qui vivent dans des pays où l'homosexualité est illégale. Je sais que ça ne sera pas simple, que je vais rencontrer des obstacles politiques et religieux, et que je vais devoir graisser la patte de plus d'un dirigeant véreux pour sauver ces enfants, mais ça en vaudrait la peine.

Il tourna la tête vers Mark, puis reposa son bras contre ses yeux, comme si tout l'espoir et toute la motivation de son discours venaient de s'envoler.

— Oublie tout ce que je viens de dire, c'est ridicule.

— Je suis désolé, murmura Mark.

— Pourquoi ? Parce que c'est une idée ridicule ?

— Non, parce que c'est sans doute la plus belle idée que j'aie entendue de toute ma vie et que je me suis moqué de toi.

Ash se redressa rapidement.

— Tu le penses vraiment ?

— Malheureusement oui, et ça me crève le cœur, parce que ça veut dire qu'il faut que je te laisse te marier et que je me fasse à l'idée de ne plus jamais te revoir. Mais je me dis que si j'avais été plus jeune quand ma famille m'a jeté dehors, je n'aurais jamais survécu, et une idée comme la tienne aurait pu me sauver la vie.

— Viens par-là, le pressa Ash en se jetant sur lui pour l'embrasser passionnément.

Mark le faisait se sentir comme un fétu de paille qui avait attendu toute sa vie d'être enflammé, et le jeune homme était son étincelle. Il pressa ses lèvres tout contre son oreille et chuchota :

— J'ai tellement envie de toi, si tu savais. Je ne sais pas si... Me laisserais-tu te faire l'amour ? Je te promets que je ne te ferais jamais de mal.

— Tu n'as même pas besoin de demander, souffla Mark.

— Après ce qui t'est arrivé dans le couloir l'autre jour avec cette brute...

— Tu es tellement gentil, c'est difficile de rester fâché après toi.

— Je ne veux pas que tu sois fâché après moi, rétorqua Ash en enfouissant son visage dans son cou.

Mark le repoussa gentiment et s'assit à genoux en face de lui.

— Voilà ce que je te propose. J'aime le sexe, je ne suis pas timide à ce sujet, mais il faut choisir, soit on couche ensemble, soit je te raconte ce qui m'est arrivé.

Ash se redressa dans la même position. Ils devaient l'air avoir de deux crétins en cours de yoga. Mais il n'hésita pas une seconde.

— Je veux te connaître, je veux savoir ce qui t'est arrivé.

— Incroyable, tu n'es pas tombé dans le piège.

— Et tu remarqueras que je n'ai pas hésité, c'est un gage de ma sincérité.

Mark prit une grande inspiration tremblotante.

— Je n'aime pas parler de moi.

— Je sais, j'ai remarqué. Mais je viens de t'ouvrir mon âme, et j'ai l'impression que tu sais tout de moi, c'est à ton tour de te livrer un peu.

— Très bien, on y va. À l'époque où je me suis retrouvé dans la rue, j'ai souvent été obligé de dormir dans le métro. Parfois, si j'avais de la chance, je parvenais à trouver une place dans un refuge, mais j'avais peur qu'ils appellent les services sociaux. J'avais trouvé une cachette dans une station, et j'avais souvent l'habitude de dormir là-bas. Un jour en me réveillant, j'ai trouvé trois types sur moi. L'un d'entre eux avait déjà descendu mon pantalon, un autre me tenait, et le troisième était en train d'uriner sur mes pieds, raconta-t-il en frottant ses bras nus. Parfois je peux encore sentir leur puanteur. Le plus costaud d'entre eux avait sorti son sexe et il le pointait dans ma direction comme une arme.

— Mon Dieu, Mark, je suis désolé.

— Il ne s'est rien passé, j'ai réussi à m'enfuir. Je ne sais pas par quel miracle, mais j'étais plus petit et plus maigre. Je me suis faufilé dans la mêlée en tenant mon pantalon, et j'ai couru aussi vite que j'ai pu. Ils m'ont poursuivi sur plusieurs kilomètres, j'ai même cru à plusieurs reprises qu'ils allaient réussir à me rattraper. L'un d'entre eux m'a attrapé par la capuche de ma veste, mais je l'ai retirée aussitôt et je l'ai laissée derrière moi. J'ai fini par les semer dans un parc. J'étais à bout de souffle et transi de froid sans ma veste.

— Tu devais être terrorisé.

— Comme jamais je ne l'avais été. J'avais l'impression que je n'arriverais jamais à me débarrasser de leur odeur putride. Après ça, j'ai très vite appris à passer inaperçu. J'ai commencé à couvrir mes cheveux et à porter des fausses lunettes. Ça me donnait une drôle d'allure, et les gens te laissent tranquille s'ils te trouvent bizarre.

— Quelle horrible façon de grandir. Comment faisais-tu pour te nourrir ? Et pour l'école ?

— J'ai toujours été très doué en couture, je travaillais illégalement dans une usine scabreuse avec des femmes asiatiques. Et quand on commençait à me poser trop de questions, je disparaissais. J'étais bon élève, et quand ma famille m'a mis à la porte, j'avais déjà fini le lycée. Un peu plus tard j'ai dégoté un travail de concierge dans une école qui donnait des cours du soir. Je m'arrangeais pour finir mon travail le plus vite possible et me faufiler au fond des salles de classe pour écouter les cours. Il y avait des cours de stylisme, c'est comme ça que j'ai appris les bases. J'ai fini par trouver une chambre à louer, mais le coût de la vie était trop cher, alors quand l'opportunité de l'hôtel s'est présentée, je me suis jeté dessus en espérant pouvoir économiser assez pour entrer en école de mode.

— Tu es une personne extraordinaire Mark Sintorella, lui dit Ash, la voix nouée par l'émotion.

— J'ai fait ce que je devais faire, c'est tout.

— Non, ce n'est pas tout. Peu de jeunes de ton âge auraient survécu dans des conditions aussi difficiles. Tu as fait preuve d'un courage exemplaire, je donnerais n'importe quoi pour être aussi brave que toi, dit-il en lui prenant la main.

— Ne dis pas ça. Cette vie m'a rendu blasé et méfiant. Tu es capable d'une gentillesse et d'une confiance dans le genre humain que je ne retrouverais jamais.

— C'est vraiment ce que tu penses de moi ? demanda Ash en écarquillant les yeux.

— Bien sûr que oui.

Ils se regardèrent dans les yeux pendant un long moment, leurs mains entrelacées, jusqu'à ce que Mark rompe le silence.

— Peut-on passer au sexe maintenant ?

— Bien sûr que oui, répéta malicieusement Ash avec un immense sourire.

— Ce sera mon dernier souvenir.

— Ton dernier souvenir ?

— De toi, avant que tu te maries.

— Mon Dieu Mark, ne dis pas des choses pareilles, grogna Ash en le prenant brusquement dans ses bras pour le serrer fort contre lui.

Il le poussa en arrière et les allongea sur le lit. Il explora le torse nu du jeune homme et fit rouler un téton sous sa paume jusqu'à ce qu'il durcisse de désir. Mark se cambra et posa sa main sur celle d'Ash, juste au-dessus de son cœur. Il savait que ce n'était pas une très bonne idée de coucher avec lui, il savait qu'il allait en souffrir, mais il ne pouvait plus faire marche arrière.

Il roula sur le côté pour ouvrir le tiroir de sa vieille table de nuit en bois, et en sortit une bouteille de lubrifiant.

— Je n'ai que ça, je suis désolé, pas de préservatif, je n'avais pas vraiment prévu cette situation.

— Je crois que j'en ai un dans mon portefeuille, dit Ash en glissant une main dans la poche de son jean. En espérant qu'il ne soit pas périmé, je n'avais pas prévu ça non plus.

— N'y a-t-il pas un proverbe qui dit que la vie arrive quand on arrête de tout prévoir ?

— Si, et là, tout de suite, ma vie c'est toi.

Mon Dieu, Mark ne se lassait pas de ses déclarations romantiques. Il se jeta de nouveau sur lui, et Ash les fit rouler jusqu'à ce qu'il soit au-dessus. Après un autre long baiser, Mark commença à se tortiller comme une anguille.

— Enlève-moi tous ces maudits vêtements, tu en portes beaucoup trop.

— Avec plaisir, répondit Ash en se redressant rapidement pour se déshabiller.

Mark ne l'avait encore jamais vu torse nu, et rien ne l'avait préparé au spectacle de ses pectoraux parfaitement définis et de ses abdominaux de dieux grecs.

— Je vois que Sa Majesté prend soin de son physique.

Ash sourit et ôta sa ceinture avec un geste théâtral, avant de la jeter sur le dossier de la chaise. Il défit lentement sa braguette, glissa ses pouces sous l'élastique de son caleçon, et retira le tout avec un mouvement fluide et gracieux. Mark était conquis.

Ash ouvrit les bras, lui présentant son corps nu, et joua des sourcils en donnant un petit coup de hanches vers l'avant.

— Alors, verdict ?

— Quoi, cette vieille chose ? demanda Mark en désignant son érection impressionnante. Je la connais déjà, je l'ai eu dans la bouche. Que me proposes-tu de nouveau ?

— Je vais te la mettre ailleurs, nous verrons si tu la connais déjà, gronda Ash.

Mark plaqua ses mains contre sa bouche pour ne pas éclater de rire, et Ash profita de cette diversion pour attraper les jambes de son pantalon et le lui retirer également.

— À ton tour, petit malin.

Mark n'avait pas autant confiance en lui. Il savait que son physique n'était pas aussi impressionnant que celui d'Ash, mais le prince parcourut son corps du regard avec révérence, ses grands yeux bleus brillant de désir.

— Tu es tellement magnifique. Pas étonnant que ces robes t'aillent si bien, avec tes jambes sans fin et ton ossature délicate.

— Je suis maigrelet, c'est tout, protesta Mark en secouant la tête.

— Tu es le plus séduisant et le plus parfait des maigrelets, le corrigea tendrement Ash. Maintenant tourne-toi, que je m'occupe de ton cas.

Au lieu de se tourner, Mark leva les jambes, glissa ses mais à la pliure de ses genoux, et ramena ses cuisses le plus près possible de son visage. C'était une position incroyablement suggestive et vulnérable pour quelqu'un qui excellait dans l'art de passer inaperçu, mais il avait confiance en Ash. Du moins, pour s'occuper de son corps. Son cœur en revanche ? Ce n'était sans doute pas une bonne idée étant donné les circonstances.

— Tu es tout simplement irrésistible, dit Ash en se penchant lentement sur lui.

Il posa ses deux mains sur les fesses de Mark et les écarta délicatement, avant de venir presser sa langue contre son entrée palpitante. Assailli par les sensations, le sexe de Mark sursauta et il réalisa qu'il n'avait jamais vraiment connu le plaisir jusqu'à aujourd'hui. Il pourrait sans doute jouir par le simple plaisir de la langue d'Ash.

— Personne ne m'avait jamais fait ça avant, avoua-t-il d'une voix rauque.

Ash poussa sa langue en lui et Mark gémit. Il était déjà accro à cette sensation. Il essaya de ne pas bouger, de se concentrer sur la langue d'Ash, mais ses hanches allaient et venaient malgré lui. Ash continua de le torturer avec sa langue pendant encore quelques minutes, puis il se retira, appliqua du lubrifiant sur deux de ses deux doigts, et les inséra lentement en Mark.

— J'ai tellement hâte de m'enfoncer en toi, murmura-t-il.

Il étira patiemment les anneaux de muscles autour de ses doigts, puis, enfin, il sortit ses doigts pour enfiler le préservatif. Il s'agenouilla juste sous les fesses de Mark, et pressa son gland contre son entrée. Le jeune homme paniqua brièvement. Il y avait tellement longtemps… Allait-il avoir mal ?

— Vas-y doucement, demanda-t-il d'une voix tremblante.

— C'est promis, le rassura Ash en commençant à le masturber lentement pour essayer de le détendre.

Les hanches de Mark ondulèrent, pressant à chaque mouvement le bout du sexe d'Ash contre lui, et très vite, il réalisa qu'il ne voulait plus attendre.

— Maintenant, ordonna-t-il.

— Je croyais que je devais aller doucement, le taquina Ash.

— Oui et bien, pas trop non plus !

Ash lui coupa la parole en le pénétrant de quelques centimètres et Mark inspira brusquement. Il laissa son corps s'ajuster à la légère sensation de brûlure et d'étirement, respira calmement, puis agrippa Ash par les hanches pour lui faire signe de continuer.

Ash poussa encore quelques centimètres et Mark perdit patience.

— Plus vite !

Ash s'enfouit alors complètement en lui dans un mouvement de hanche fluide et Mark poussa un cri de plaisir.

— Je crois que je viens de rencontrer ta prostate mon ange, parvint à articuler Ash, étourdi par le plaisir. Tu es tellement étroit, tellement parfait.

Il ôta sa main du sexe de Mark pour se tenir au-dessus de lui par la force de ses bras et s'enfoncer en lui le plus profondément possible à chaque mouvement de hanches.

Le sexe avait toujours été une histoire clandestine pour Mark. Il fallait tirer son coup le plus vite possible entre deux portes, ne pas se faire surprendre, et avec des partenaires pas toujours très recommandables. Mais sous les mains d'Ash, il avait l'impression de découvrir tout un nouveau monde. Un monde dans lequel le sexe était une expérience glorieuse et dans lequel son partenaire était un homme sexy et attentionné. Sa petite chambre sous les combles avait beau être un taudis, en cet instant, aux yeux de Mark, elle était plus grande et plus belle qu'un château de conte de fées, et c'était enfin lui la princesse de l'histoire.

Ash lui murmurait des choses indécentes à l'oreille. Mark aurait voulu que cet instant dure pour toujours. Les va-et-vient des hanches de son amant se firent progressivement plus violents, plus erratiques, et Mark sentit le plaisir monter en lui, jusqu'à ce qu'une tempête de pure euphorie s'abatte sur lui et que tout ce plaisir explose en millions de petits courants électriques partout dans son corps.

Puis il sentit le corps d'Ash se tendre tout entier, enfoncé en lui jusqu'à la garde, avant d'être parcouru de tremblements violents. Il resta appuyé sur ses bras au-dessus de lui pendant une longue minute, profitant des deniers sursauts du plaisir, puis il se laissa retomber contre le corps alangui de Mark.

Le jeune homme referma ses bras autour de lui en se promettant de ne jamais oublier ce souvenir.

X

MARK ÉTAIT persuadé que le nombre de marches qui menait jusqu'à sa chambre avait augmenté depuis qu'il les avait descendues le matin même. Et il savait déjà que son lit allait lui sembler beaucoup moins accueillant. Avant de partir travailler, il était resté sur le seuil de la porte quelques instants pour regarder Ash dormir et contempler le spectacle apaisant de sa poitrine qui montait et descendait au rythme de sa respiration. Si quelqu'un lui avait dit, une semaine plus tôt, qu'un jour le prince Ashton Armitage dormirait comme un bébé dans son lit, il aurait ri. Ou pleuré. Et qui aurait cru que ce serait après une folle nuit de sexe ? Qui aurait cru que Mark serait suffisamment idiot pour céder à la tentation et se faire briser le cœur ? Qui aurait cru ?

Mark, tu as changé ma vie. Avec amour, Ash.

Il ne pouvait pas détacher ses yeux de ce mot. *Amour.* Ce n'était qu'un mot, un mot devenu désuet que les gens utilisaient à tort et à travers, mais personne ne le lui avait jamais adressé. *Amour.* Il n'y avait plus aucun doute, il était en route pour la plus grande peine de cœur de toute son existence. Il replia le petit mot et le glissa sous son oreiller, puis se concentra sur la boîte. Il l'ouvrit, retira le papier de soie noir sur le dessus, et découvrit avec stupéfaction plusieurs mètres de charmeuse [1] soigneusement pliés, de la même couleur que la crème brûlée qu'Ash et lui avaient partagée. Il y avait une petite carte posée dessus qui disait : *mon garçon, il est temps de te mettre à coudre. Plus que trois jours avant le bal. Mister P.*

Le bal. Tous les employés n'avaient parlé que de ça pendant la journée. Un vrai bal, comme dans les contes de fées. Les clientes de l'hôtel s'agitaient dans les couloirs en se plaignant qu'elles n'avaient pas été prévenues assez tôt pour se préparer. Il avait entendu dire que cette idée de bal venait d'un très riche client excentrique qui finançait

---

1 La charmeuse est un tissu composé de rayonne, viscose, polyester ou de fibres mélangées. Délicat et d'aspect satiné, il est brillant sur l'endroit et mat sur l'envers. Il est utilisé pour les corsages et la lingerie.

presque tout l'évènement. Probablement le Sheikh. Il avait l'air amateur de festivités.

Mark s'assit sur son lit en caressant délicatement le magnifique tissu, il avait presque peur que ses mains calleuses accrochent sur son aspect satiné. Dans sa tête, la robe s'esquissait déjà. Un col montant, une fente jusqu'en haut de la cuisse et une découpe en biais pour que le tissu épouse parfaitement toutes ses courbes. Il faudrait qu'il trouve une solution pour dissimuler ses attributs masculins. Peut-être que Mister P. préfèrerait qu'il fasse appel à un mannequin professionnelle pour cette occasion. Pourvu que non, il mourrait d'envie d'y aller et d'admirer toutes les magnifiques robes sur la piste de danse. Peut-être même qu'il pourrait danser avec Ash…

ASH ÉTIRA paresseusement ses bras au-dessus de sa tête et gigota ses doigts de pieds, posés sur le bras du canapé. Il se sentait encore délicieusement électrisé par sa matinée avec Mark. Chaque mouvement de son corps lui rappelait leur étreinte, et chaque fois qu'il fermait les yeux, il revoyait les longs cheveux noirs du jeune homme étalés sur les draps blancs, sa bouche pulpeuse entrouverte sur un cri de plaisir. Quelqu'un entra dans la suite.

— Ash, c'est moi.

Il sourit à Ronnie et réajusta discrètement sa position pour dissimuler son début d'érection.

— Salut toi.

Elle se posta devant le canapé et le regarda, les mains sur les hanches.

— Il était bon le canari ?

— Quoi ?

— Tu as la tête du chat qui a mangé le canari. La dernière fois que je t'ai vu, tu courais après notre mystérieuse inconnue, qui s'est avérée être un jeune serveur. J'imagine qu'il est inutile de te demander si ça s'est bien passé.

Ash savait qu'il affichait sans doute un sourire idiot, mais il ne pouvait pas s'en empêcher.

— C'était vraiment le petit serveur de l'autre soir alors ? demanda-t-elle en s'asseyant sur la table basse.

— C'était bien lui.

— Je n'aurais jamais deviné, il était plus beau que la majorité des femmes que je connais, dans ce déguisement. Vous avez couché ensemble ?

— C'était plus que ça.

— Voyez-vous cela. Je suis heureuse que tu aies eu une révélation et que ta vie soit transformée, mais il reste quand même un détail à régler. Tu es officiellement gay, il est plus que temps de sortir du placard Ash.

— J'y ai pensé, mais…

— Mais quoi ?

— J'ai commencé à réfléchir à tout ce que je pourrais faire avec cet argent, et…

Quelqu'un frappa à la porte.

— Nous attendons de la visite ? demanda-t-il en haussant un sourcil.

— Pas que je sache, répondit-elle en secouant la tête. Reste là, je vais voir qui c'est.

Elle se leva, entrouvrit la porte avec méfiance, et Béatrice Fanderel profita de ce petit interstice pour entrer avec fracas, ses deux filles sur les talons. Ronnie recula en manquant de trébucher.

— Je voudrais parler avec monsieur Armitage s'il vous plaît, dit-elle sur un ton impérieux.

Ash se leva pour les rejoindre. Il était pieds nus, mais on ne lui avait pas vraiment laissé le temps de se préparer.

— Béatrice, quelle plaisante surprise ! Vous excuserez ma tenue.

— Ashton, permettez-moi d'aller droit au but.

Il n'en avait pas particulièrement envie, mais il n'avait pas le choix.

— Je vous en prie mesdames, asseyez-vous et expliquez-moi l'objet de votre venue.

Béatrice et Bérénice s'approprièrent les deux fauteuils, tandis que Kiki fit le choix de s'asseoir avec Ash sur le canapé. Elle posa une main sur son avant-bras et lui dit à voix basse :

— Je suis désolée Ash, n'hésitez pas à l'envoyer promener.

Il la fixa hébété en se demandant dans quel genre de guet-apens il se trouvait, puis avala courageusement sa salive et se tourna vers Béatrice avec un sourire forcé.

— Puis-je vous offrir quelque chose à boire ?

— Nous avons du café, du jus de fruit, et toute une variété d'alcool pour les plus déterminés, proposa Ronnie en se dirigeant vers le mini bar.

— Un mimosa ? suggéra Ash en se tournant vers Bérénice.

La jeune femme s'apprêtait à répondre lorsque sa mère coupa court à toute politesse.

— Merci, mais nous ne sommes pas venues pour boire. Ash, je veux savoir quelles sont vos intentions envers Kiki.

— Pour l'amour du ciel mère ! s'exclama Kiki, l'air plus gêné que jamais.

— Ne fais pas l'enfant Kiki, je suis certaine qu'Ash comprend mon inquiétude. Il a jusqu'ici démontré un intérêt particulier envers toi, en tant que mère, il est normal que je me pose des questions.

— Bien entendu, je comprends. Je respecte et j'admire grandement votre fille, c'est la raison pour laquelle je lui ai fait ma demande, mais je…

— Votre demande ? Parlons-nous bien d'une demande en mariage ?

— Ne précipitons rien, disons simplement que nous avons discuté de la possibilité d'un arrangement, mais que les termes ne lui convenaient pas.

— Les termes ? répéta Béatrice en se tournant vers Kiki. Quels termes ?

Le regard incertain d'Ash voyagea entre les deux femmes.

— Je crains que les détails ne restent qu'entre Kiki et moi. Je lui ai demandé de garder ces informations privées, c'est sans doute la raison pour laquelle elle ne vous en a pas parlé, expliqua-t-il pour tenter de couvrir la jeune femme.

— Quel genre d'arrangement nécessite autant de secrets ? demanda Béatrice méfiante. S'agit-il de pratiques perverses ?

Si elle savait, songea Ash amusé malgré lui.

— Mère je vous en prie ! s'emporta Kiki. La confidentialité de l'arrangement concernait les termes financiers, pas des pratiques sexuelles inavouables ! J'étais d'abord surprise et réticente, alors Ash m'a laissé du temps et de la distance pour y réfléchir, et j'en suis venue à la conclusion que c'était un arrangement très intéressant.

— Alors, tout va bien, conclut Béatrice soulagée.

La porte de la suite s'ouvrit de nouveau et Ash bondit sur ses pieds. Qu'allait-il lui tomber dessus cette fois ?

— Merci de nous avoir montré le chemin, vous pouvez nous laisser. Ne vous inquiétez pas, Ash ne nous en voudra pas de débarquer à l'improviste.

— Mère ? Père ?

Madame Armitage leva les yeux vers lui avec un grand sourire.

— Bonjour mon chéri, j'espère que tu ne nous en veux pas, nous voulions te faire la surprise.

Tu parles d'une surprise, songea Ash. Tout ce qu'il voulait, c'était se prélasser sur le canapé en pensant à Mark, et voilà que son salon s'était transformé en hall de gare en mois d'un quart d'heure. Dépassé par la situation, il embrassa sa mère et serra la main de son père. Sa mère inspecta la pièce de son regard acéré, impeccable dans sa tenue de grand couturier, ses courts cheveux bruns coiffés à la perfection. Elle se tourna vers les trois autres invitées surprises d'Ash.

— Bonjour, je suis Miranda Armitage, et voici mon mari, Mel.

Son père avait l'air perdu, surpris par le taux inattendu d'œstrogène dans la pièce. Sa mère était dans son élément, comme partout. Elle fit un petit signe de main à Ronnie.

— Bonjour Ronnie.

— Bonjour madame Armitage, répondit la jeune femme en installant une chaise pour elle à côté du canapé.

Elle s'y assit, et son père prit place sur le canapé. Ash resta debout, il n'avait plus aucune envie de se prélasser nulle part.

— Mère, père, permettez-moi de vous présenter madame Béatrice Fanderel et ses deux charmantes filles, Bérénice et Kiki.

Les deux jeunes femmes leur serrèrent poliment la main et le visage de madame Armitage s'éclaira.

— Kiki, c'est vous la jeune personne dont Ash nous a tant parlée. C'est un plaisir de faire votre connaissance, dit-elle en tirant sur sa main pour l'étreindre brièvement, avant de la tenir par les épaules en la regardant dans les yeux.

— Bienvenue dans la famille Kiki.

Ash était dans le pétrin.

MARK MOURRAIT d'envie de continuer à travailler sur sa robe, mais il ne lui restait plus que quelques minutes avant de retourner au travail. Il se cambra et tourna la tête de droite à gauche pour délasser ses muscles. Il avait cousu toute la nuit. Il savait qu'il allait sans doute le regretter dans la journée, mais la couture était son premier amour, et rien ne pouvait se mettre entre elle et lui. Il était déjà tellement satisfait du résultat, il savait que cette robe allait être sa plus belle création. Elle était digne d'une robe de Jean Harlow, à la fois élégante et sexy.

Quelqu'un frappa doucement à sa porte et Mark fronça les sourcils. Il y avait peu de chance que ce soit Mister P., il n'était pas du genre à toquer doucement. Il n'était même pas du genre à toquer du tout. Qui pouvait bien être monté le voir ? Il se leva en s'étirant, alla ouvrir la porte et sentit un large sourire fendre son visage.

— Hé, dit-il doucement.

Ash lui sourit en retour, mais il avait le regard triste. Ce n'était sans doute pas bon signe.

— Est-ce que je peux entrer ?

— Bien sûr, répondit Mark en se reculant pour le laisser passer.

Ash s'assit sur sa vieille chose de bureau en bois et observa tout le matériel de couture étalé sur le plan de travail.

— Tu travailles sur un nouveau vêtement ?

— Une robe pour le bal.

— Le tissu est magnifique.

— Qu'est-ce qui se passe Ash ? demanda Mark en sentant l'inquiétude grandir en lui.

— Mes parents ont débarqué sans prévenir.

— Oh.

103

— Ils partent très bientôt pour l'Europe et ils insistent pour que je me marie avant leur départ. Apparemment, quelqu'un a jugé bon de les inviter au bal sans me demander mon avis.

— Je vois, répondit bêtement Mark, mais il ne voyait rien du tout.

— Ils s'attendent à ce que j'épouse Kiki.

— Je croyais qu'elle avait refusé, protesta faiblement Mark en se tordant les mains.

— Elle est revenue sur sa décision.

Mark s'assit lentement sur le bord du lit en essayant de déterminer à quelle vitesse il pouvait mettre fin à cette horrible discussion.

— Je la comprends. L'argent sans le sexe, c'est une solution idéale quand on n'a pas vraiment envie de se marier. Même si je trouve cette histoire de mariage arrangé passéiste et misogyne au possible.

— Ce n'est rien d'autre qu'un contrat, un morceau de papier qu'on signe, ça ne signifie pas grand-chose.

— Vous allez rentrer alors ? Retourner en ville pour organiser le mariage ? demanda-t-il en redressant brusquement la tête, sur un ton plus sévère que nécessaire.

— Non, répondit Ash en détournant le regard. Le mariage aura lieu samedi, après le bal, aux douze coups de minuit. C'est ce que je suis venu te dire.

— Ici, à l'hôtel, précisa inutilement Mark en déglutissant péniblement.

— Oui. Je voulais te prévenir avant que tu l'apprennes par quelqu'un d'autre.

La vision de Mark se troubla et il secoua la tête pour tenter de rassembler ses esprits.

— Super. Félicitations. Avec un peu de chance, ils auront besoin de serveurs et je pourrais gagner quelques pourboires. Je suis sûr que ce sera un mariage magnifique.

Ash se pencha vers lui et lui attrapa gentiment le poignet.

— Mark...

Mark plongea le regard dans ses grands yeux bleus. Il ne pleurerait pas. Il serra la mâchoire et inspira par le nez.

— Non. Tu m'as prévenu. Maintenant tu peux t'en aller.

MARK N'AURAIT pas su dire combien de temps s'était écoulé après le départ d'Ash, avant qu'il sorte de sa torpeur et puisse enfin bouger. Comment allait-il trouver la force de descendre et de se mettre au travail comme si de rien n'était ? Mais il n'avait pas le choix. Il se força à se lever, et pris de vertiges, se rassit aussitôt.

Quelqu'un frappa de nouveau à la porte, mais cette fois-ci il reconnut le bruit.

— Entrez Mister P.

Le petit homme entra dans la pièce avec sa bonne humeur habituelle.

— Alors mon garçon, ça avance cette robe ? Montre-moi un peu où tu en es.

Sans attendre davantage, il avança jusqu'au bureau et attrapa le vêtement.

— Tu t'es surpassé Mark, cette robe est un chef d'œuvre.

— Merci, j'en suis plutôt content.

— Tu n'as pas l'air très convaincu, remarqua Mister P. en se tournant vers lui.

— Il faut que j'aille travailler, répondit Mark en enfilant sa chemise d'uniforme.

— Que s'est-il passé ?

— Je suis sûr que vous le savez déjà.

— Le mariage du prince, après le bal, devina Mister P.

— Dans le mille. Il faut vraiment que j'y aille, je vais être en retard. Au fait, il va nous falloir un modèle pour la robe, parce qu'il est hors de question que ce soit moi qui la porte.

Mister P. la reposa fermement, et pointa la chaise en bois du doigt.

— Assieds-toi, ordonna-t-il.

— J'ai l'impression d'être un chien, dit-il en s'exécutant malgré tout.

— Tu ressembles beaucoup plus à un imbécile qu'à un chien de là où je me tiens.

— Merci, répondit-il en sentant les larmes monter à nouveau.

— Écoute-moi bien jeune homme, commença Mister P. en posant ses petits poings sur ses hanches. Tu as mis tout le gratin du monde de la mode à tes pieds avec tes créations, ils seront tous là au bal dans l'espoir de voir ce que tu leur réserves. Quand nous nous sommes rencontrés, tu m'as dit que ton plus grand rêve était d'entrer en école de mode, et maintenant que ce rêve est à ta portée, tu décides de baisser les bras ? À cause d'un garçon ?

— Bien sûr que non, protesta Mark.

Il était hors de question qu'il sacrifie son avenir pour un chagrin d'amour.

— Alors comment peux-tu seulement envisager de ne pas aller au bal ?

— Très bien, dit-il après un long silence entêté. J'irais.

— Je préfère ça. Sois raisonnable, que se serait-il passé si Ashton Armitage et toi aviez fui pour vivre votre idylle ? De quoi auriez-vous vécu, lui le prince déshérité, et toi le nettoyeur de cheminée ? Aurais-tu été prêt à faire le ménage toute ta vie pour subvenir à vos besoins ?

— Ça ne m'aurait pas dérangé, avoua-t-il avant d'éclater en sanglots.

Mister P. passa un bras réconfortant autour de ses épaules.

— Allons, allons, ne désespère pas. En amour, il y a toujours de l'espoir. Dans la vie on n'a peut-être pas toujours ce que l'on veut, mais je vais au moins m'assurer que tu obtiennes ce dont tu as besoin. Sèche tes larmes et va travailler. Ce soir, tu vas terminer cette sublime robe, et tu verras, tout va s'arranger.

— Comment ? demanda Mark entre deux sanglots.

— Fais-moi confiance.

RONNIE ERRAIT dans les jardins, le long du terrain de tennis. Elle n'était pas exactement à la recherche de Kiki, mais elle savait que la jeune femme revenait souvent se promener aussi depuis leur dernière promenade.

C'était une journée magnifique. Du point de vue de la météo seulement, hélas. Elle observa la roseraie et la nature verdoyante autour, verte comme l'argent de la fortune colossale des Armitage. Que faisaient ici les parents d'Ash ? Comment avaient-ils su pour le bal ? Ronnie plaignait vraiment ce pauvre Ash, il avait suffisamment à faire sans l'arrivée impromptu du roi et de la reine. Elle poussa un long soupir. Ce mariage éveillait en elle des sentiments conflictuels.

Un bruit de sanglot étouffé la sortit de ses pensées. Elle contourna la haie de buissons sur sa gauche et trouva Kiki, adossée au tronc d'un arbre gigantesque, en train de pleurer. Ronnie s'approcha d'elle en prenant soin de faire suffisamment de bruit pour annoncer son arrivée et ne pas la surprendre. Kiki redressa la tête, l'aperçut et essaya de sourire, mais les pleurs reprirent presque aussitôt le dessus. Ronnie posa une main sur son épaule et en un éclair, elle se retrouva avec la jeune femme blottie tout contre elle. Elle la serra fort et sentit son cœur s'accélérer.

Kiki n'était pas son genre de femme habituel, trop féminine, trop maniérée. Et pourtant, elle l'avait séduite en un rien de temps avec son intelligence, son esprit indépendant et son honnêteté à toute épreuve.

— Regrettez-vous votre décision ?

Kiki hocha la tête contre le cou de Ronnie. Elle semblait faite juste pour ses bras.

— Voulez-vous en parler ?

Elle hocha de nouveau la tête. Un bras autour de ses épaules, Ronnie la conduisit jusqu'au banc de pierre à quelques mètres. Elles s'assirent et Kiki se blottit aussitôt contre elle, la tête posée sur son épaule.

— Je suis désolée, j'ai les épaules pointues, ça ne doit pas être très confortable, sourit-elle.

— C'est parfait, murmura Kiki en frottant sa joue contre sa veste.

Ronnie n'allait pas s'en plaindre. Elle attendit patiemment que la jeune femme soit prête à lui parler.

— C'est facile d'avoir des principes, en théorie. C'est facile de prétendre vouloir être libre et de vivre ma vie en femme indépendante, mais qu'est-ce que je sais de la vie ? Ma mère a toujours payé tout ce dont j'avais besoin, et tout ce contre quoi je peux vraiment me rebeller, c'est son amour un peu surprotecteur. Il a suffi qu'Ash me fasse miroiter les promesses de sa fortune pour que j'envoie valser tous mes soi-disant principes.

— Ne soyez pas si dure avec vous-même, ce n'est pas un choix facile. Même Gandhi aurait hésité, plaisanta Ronnie, et elle réussit à arracher un petit rire à la jeune femme. N'est-ce pas lui qui a avoué qu'il avait fallu beaucoup d'amis riches pour lui permettre de rester pauvre ?

— Si, acquiesça Kiki. J'ai toujours beaucoup aimé qu'il ait l'honnêteté de dire ça.

— On vous propose une somme d'argent astronomique et on vous dit que vous n'aurez même pas à accomplir le devoir conjugal. Même moi j'aurais été tentée.

Kiki recula et l'observa avec un air interrogateur.

— Je vous arrête tout de suite, si ça ne s'est pas fait, c'est pour une bonne raison. Ash est mon meilleur ami, et c'est vous qu'il a choisie.

— Je sais. J'aurais préféré que ce soit quelqu'un d'autre. J'aurais préféré ne pas avoir à faire ce choix.

— Ça n'aurait pas pu être quelqu'un d'autre. Ash est intelligent, il sait reconnaitre la perfection quand il la voit.

— C'est bien ce qui m'embête Ronnie. Je ne suis pas parfaite. Pas pour lui. Je suis peut-être le choix le moins terrible, mais je ne suis certainement pas le meilleur choix. Lui et moi, nous sommes dans la même impasse. Il y a une vieille fable indienne qui raconte que pour attraper un singe, il faut cacher une sucrerie dans un récipient avec une ouverture étroite. Le singe plonge sa main dans le récipient, referme le poing sur la sucrerie, mais avec son point serré il ne peut plus sortir sa main. S'il veut la libérer, il n'y a qu'une solution, lâcher la nourriture, mais il ne peut pas s'y résoudre et il se retrouve prisonnier. C'est exactement ce qui nous arrive, Ash et moi sommes comme deux singes avec la main coincée dans le récipient.

— Sacrée histoire.

— Les fables existent pour une raison, elles ont toujours une morale.

— Que comptez-vous faire ?

Kiki se releva et fit quelques pas en avant. À demi dissimulée derrière les branches les plus basses de l'arbre, dans sa robe de coton blanc, elle ressemblait à une nymphe des bois.

— Tout le monde a tellement hâte d'assister à notre mariage. Ils sont tous tellement heureux de la nouvelle.

— Qu'ils aillent se faire voir.

108

Oh. Ronnie ne s'était pas attendue à ce que ça lui échappe avec autant véhémence.

Kiki lui lança un regard entre les feuilles et lui offrit un sourire mystérieux.

Ronnie lui rendit son sourire. Qui savait ce qui allait se passer maintenant ?

XI

— J'ai hâte d'être à ce soir, admit le père d'Ash. Ça va être une très belle cérémonie.

— À n'en pas douter, répondit Ash en le raccompagnant à la porte de la suite.

— Tu ne sembles pas plus excité que ça.

— Ce n'est pas exactement un mariage de conte de fées, père. Il est difficile de faire preuve d'enthousiasme dans des conditions pareilles.

— Mais cette jeune femme a l'air tellement charmante. Je suis vraiment fier de toi, je dois l'avouer. Je ne savais pas à quoi m'attendre, mais cette Kiki m'a tout l'air d'être le choix idéal.

— Je l'apprécie beaucoup.

— C'est un excellent début. Ton grand-père aurait été fier de toi lui aussi.

Ash hocha la tête, la gorge nouée, et promit à son père de le retrouver un peu plus tard, avant de refermer la porte et de s'y appuyer. C'était ridicule, jamais son grand-père n'aurait voulu qu'il cache qui il était vraiment simplement pour une histoire d'argent.

Il retourna au canapé. Ce meuble était devenu une extension de lui-même ces dernières heures. Il y avait passé tellement de temps à se morfondre en se demandant ce qu'il était censé faire. Il s'y laissa tomber de nouveau et contempla le plafond.

Il savait au fond de son cœur que son grand-père aurait adoré son projet d'agence d'adoption. Il n'aurait peut-être pas compris pourquoi les enfants gays, mais il aimait les grandes idées humanitaires. Ash était-il à la hauteur de ce projet ? Il n'avait aucune connaissance, aucune formation sur le sujet. Il se rassit en se frottant nerveusement l'arrière du crâne. Et s'il se mentait encore à lui-même ? S'il se cherchait simplement une excuse pour toucher cet argent en prétendant servir une noble cause ? Après tout, il aimait l'argent, il l'avait toujours aimé ainsi que le confort qui allait avec. Ce qu'il supportait moins, c'était l'exposition médiatique. Mais même s'il décidait de tourner le dos à son héritage, ça n'arrêterait pas les paparazzis, au contraire, il ferait la une de leurs torchons. C'était un miracle que personne n'ait jamais découvert son orientation sexuelle.

Il était gay, impossible de le nier. Et devoir cacher ce secret avait teinté toutes ces relations avec ses proches d'une amertume qui rongeait petit à petit son âme. Chaque fois que ses parents lui disaient l'aimer ou être fiers de lui, il se prenait à penser qu'ils changeraient d'avis s'ils connaissaient la vérité. Seule Ronnie savait vraiment qui il était. Elle et… Mark. Ash soupira en pensant au jeune homme. Il était entré dans sa vie comme un tourbillon, avec son bonnet et ses lunettes, et depuis Ash remettait toutes ces décisions en question. Il savait qu'il pourrait très vite tomber amoureux de lui.

Il n'avait jamais eu de véritable relation amoureuse avec un homme, il ne savait même pas s'il parviendrait à maintenir une relation. Mais ce soir, au douzième coup de minuit, il n'aurait plus jamais l'opportunité d'essayer. Jamais il n'oublierait l'expression de désespoir sur le visage de Mark lorsqu'il lui avait annoncé qu'il épouserait Kiki après le bal. Ses yeux qui semblaient lui crier « Lâche ! Opportuniste ! Manipulateur ! ». Mark Sintorella était un challenge à lui tout seul, un défi bien plus compliqué que son projet d'agence d'adoption, parce que vivre avec Mark signifierait vivre dans l'honnêteté, ne plus jamais se voiler la face.

Il laissa lourdement retomber ses mains sur le canapé. Il était inutile de ruminer ses pensées tout seul dans son coin, et il était peut-être temps de cesser de se mentir. Que ressentait-il vraiment ? Son estomac se serra. Il savait très bien ce qu'il ressentait. C'était trop tard. Il était déjà tombé amoureux de Mark. Il avait beau ne connaître le jeune homme que depuis quelques jours, jamais il n'avait ressenti cela pour qui ce soit auparavant. Il n'allait quand même pas rester assis là à ne rien faire, et laisser l'amour de sa vie lui passer sous le nez ! Il attrapa son téléphone portable et composa un numéro. La sonnerie retentit une fois, puis deux, et enfin, la personne décrocha.

— Ashton, c'est bien toi ?

— Oui, c'est moi Henry.

— Quelle surprise ! Ton père ne m'a même pas prévenu que tu allais m'appeler. Je croyais que tu étais en vacances dans un hôtel à la campagne.

— C'est le cas, je suis vraiment désolé de vous appeler comme ça un samedi, mais j'ai un immense service à vous demander. Vous vous souvenez du poste que vous m'aviez proposé juste après mon diplôme ?

— Bien sûr que je m'en souviens, j'étais tellement déçu que tu refuses, mais je crois qu'au fond, j'ai toujours su que si un jour tu décidais de travailler une entreprise, tu préfèrerais que ce soit avec ton père.

— J'ai changé d'avis, si ce n'est pas trop tard. Je voudrais apprendre le métier avec vous, comme vous l'avez appris à mon père avant moi. Je suis prêt à travailler dur, je servirais même le café et je ferais les photocopies au début s'il le faut.

À l'autre bout du fil, son interlocuteur laissa planer un long silence, et Ash sentit la déception s'abattre sur lui.

— Pourquoi ce revirement soudain Ash ? J'ai cru comprendre que tu allais toucher l'héritage de ton grand-père, pourquoi te donner cette peine ?

— J'ai des projets, de grands projets, et je n'ai pas droit à l'erreur. J'ai besoin d'un mentor, et j'espérais sincèrement que vous accepteriez de tenir ce rôle. Et je risque d'avoir besoin d'argent.

Henry laissa échapper un reniflement incrédule, avant de demander :

— Tu es sincère ?

— Plus que jamais. Je suis prêt à commencer dans deux semaines.

— Je ne sais pas quoi te répondre Ash, je ne m'y attendais absolument pas.

— Est-ce que ça veut dire que vous refusez ?

— Ne sois pas ridicule, tu es un garçon brillant, si ça ne tenait qu'à moi, ton contrat serait déjà prêt.

— Vous acceptez alors ?

— Oui, oui, j'accepte, mais je compte sur toi pour faire profil bas. Je ne veux pas que cette histoire finisse en première page.

— Vous avez ma parole, la presse n'en saura rien.

— Que pense ton père de toute cette histoire ?

— Je ne lui ai encore rien dit.

— Pardon ?

— Pourquoi ne pas vous en charger d'ailleurs ? Je dois vous laisser, je dois me préparer pour le bal.

MARK REGARDA longuement la robe sur le mannequin. Le tissu reflétait la lumière comme si elle était incandescente. C'était sa plus belle création, et il ne savait pas s'il l'adorait ou s'il la détestait. Dans tous les cas, l'heure était venue de l'enfiler.

Il jeta un œil à son reflet dans le miroir. Mascara, rouge à lèvre, ses longs cheveux bruns artistiquement noués en un chignon coiffé/décoiffé, effet princesse impétueuse. Il n'était peut-être pas une princesse, mais sa robe en était digne.

Mark n'avait jamais vraiment rêvé d'être une fille, il était très à l'aise avec son corps d'homme, il adorait simplement leurs vêtements. Il cala son pénis entre ses jambes, dans la culotte de maintien que lui avait fourni Mister P.. Mark aurait été curieux de savoir comment le petit elfe en connaissait autant sur l'art de se travestir. Il observa sa silhouette avec curiosité. Il fallait faire les choses en grand ce soir, il s'agissait de la dernière sortie de Mariel, après ça elle disparaitrait pour ne jamais revenir, et Mark retournerait à ses cheminées. À moins qu'il parvienne à convaincre un investisseur. Il enfila ses collants, puis la robe. Il était fin prêt. Ce soir, il donnerait tout ce qu'il avait, cette robe était sa dernière chance de se faire remarquer et de percer dans le métier. Il partirait avant minuit, il ne resterait pas pour le mariage, il n'était pas masochiste.

Il tourna une dernière fois devant le miroir pour admirer le résultat final. Il admirait vraiment les femmes et tous les efforts qu'elles fournissaient pour être aussi belles. Enfin, il baissa les yeux vers la dernière pièce de sa tenue. Une magnifique paire de nu-pieds à talons, incrustée de cristaux, que Mister P. avait fait faire juste à sa taille. Mark avait passé la moitié de la nuit dernière à s'entraîner à marcher avec sans trébucher, et l'autre moitié à s'improviser une séance de pédicure. Il arborait à présent des orteils impeccables avec un léger vernis rose. Il ne s'était jamais senti aussi fabuleux.

Il enfila les chaussures avec la sensation ridicule de les présenter pour une émission de téléachat.

Il prit une grande inspiration. Il était temps d'entrer en scène.

— Tu es magnifique ma chérie.

— Merci maman, répondit Kiki en penchant la tête sur le côté.

Elle devait reconnaître qu'elle avait de l'allure. Comme il y avait un bal juste avant la cérémonie de mariage, tout le monde avait convenu qu'elle pourrait porter sa robe rose préférée au lieu de la traditionnelle et virginale robe blanche. Pour Kiki, cette petite victoire était la plus douce des rébellions.

Le haut de la robe était un bustier, et le bas une superposition de jupons en mousseline qui accentuaient sa taille étroite. Sa mère lui avait prêté un collier en diamant qui flattait sa carnation. Elle était resplendissante.

Quelqu'un frappa à la porte de leur suite et Béatrice poussa un petit cri d'enthousiasme.

— C'est sûrement Ash. Oh ma chérie, tu dois être tellement excitée !

Kiki ne l'était pas vraiment, mais elle ne tenait pas à gâcher la bonne humeur de sa mère, alors elle garda le silence. La soirée promettait d'être longue. Béatrice ouvrit la porte, et de l'autre côté se tenait Ronnie, vêtue d'un smoking noir aux lignes modernes, qui soulignait sa silhouette élancée.

— Que se passe-t-il ?

— Je suis désolée madame Fanderel, Ash m'a demandé de venir chercher Kiki, il a reçu un appel urgent de dernière minute pour le travail et il ne voulait pas la faire attendre.

— Quel dommage, moi qui espérait tant le voir dans son costume, se lamenta Béatrice.

— Vous êtes magnifique, complimenta Ronnie en portant son regard sur Kiki.

— Merci, répondit Kiki en souriant.

— On y va ? demanda-t-elle en lui offrant son bras.

Kiki glissa sa main au creux de son coude en savourant la sensation de la soie de sa veste de smoking contre sa peau nue. Ronnie avait la classe d'une Marlene Dietrich.

Béatrice les observa, l'air légèrement confus, mais toujours aussi enjoué.

— Je vous retrouve en bas les filles, dit-elle.

Une fois dans le couloir, Ronnie la regarda de nouveau en souriant.

— Vous êtes vraiment splendide dans cette robe.

— Merci, vous n'êtes pas mal non plus. J'aime beaucoup le smoking.

— Je ne suis pas une grande fan de robes.

— Je m'en serais doutée.

Elles prirent l'ascenseur pour rejoindre la suite d'Ash. Ronnie avait l'air nerveux. C'était étrange venant d'elle qui semblait toujours parfaitement maitresse de ses émotions.

— Est-ce que tout va bien ? lui demanda Kiki.

— Ça va.

Les portes de l'ascenseur s'ouvrirent, et Ronnie appuya brusquement sur le bouton du dernier étage, celui du jardin sur le toit. Kiki regarda les portes se refermer, puis le visage de Ronnie, sans comprendre.

— Non, ça ne va pas Kiki. Je suis désolée, d'ordinaire je suis le genre de personne qui dit tout ce qu'elle pense, et ces derniers temps j'ai cruellement manqué d'honnêteté, et ça me ronge.

Les portes se rouvrirent, cette fois si sur la terrasse du toit, et les deux jeunes femmes sortirent. Des guirlandes lumineuses étaient accrochées tout le long du muret de pierre autour de la terrasse, et il y avait des fontaines aux quatre coins. Quelques rares personnes étaient déjà là, un cocktail à la main, vêtues de leurs plus beaux atours pour le grand bal de ce soir.

Ronnie attrapa Kiki par la main et la tira légèrement en retrait, au bord de la terrasse. Elle baissa les yeux vers elle et l'observa un long moment. Même les sourcils froncés, les traits de son petit visage restaient doux dans la faible lueur des guirlandes. Ronnie laissa échapper un petit rire nerveux, et lui prit l'autre main.

— Écoutez Kiki, je vous aime bien. Je vous aime beaucoup, et dans d'autres circonstances, j'aurais sans doute essayé de vous convertir au plaisir des femmes, plaisanta-t-elle avec un sourire triste. Je sais que vous avez vos raisons pour avoir accepté l'offre d'Ash, et je veux que vous sachiez que c'est vraiment quelqu'un de bien, mais même si vous n'entrez pas dans ce mariage pour les plaisirs de la vie en couple, il faut que vous sachiez qu'Ash est gay. Je trouve ça injuste et cruel de ne pas vous l'avoir dit avant, mais je compte sur vous pour garder son secret.

— Oh. Je crois que je m'en doutais un peu pour être honnête. Mon Dieu, le pauvre. Devoir se marier pour garder son argent, dit-elle en secouant la tête.

— Je sais, cette situation n'est qu'une accumulation de catastrophes.

— Pourquoi est-ce si compliqué d'être simplement qui on est ?

— Je ne sais pas, soupira Ronnie.

Kiki se hissa sur la pointe des pieds, glissa une main dans les soyeux cheveux blond pâle de Ronnie et lui murmura :

— Au fait, je suis déjà une convertie.

XII

Ash leva brièvement la tête par-dessus le groupe de personne qui l'avait pris d'assaut à la sortie de l'ascenseur. Kiki et Ronnie étaient toujours introuvables. Il les avait attendues dans sa suite pendant plus de dix minutes, puis il avait décidé de descendre dans la salle de bal pour tenter de les retrouver. Il fallait à tout prix qu'il parle à Kiki, qu'il lui dise la vérité. Et où était Mark ? Il avait tellement hâte de le revoir.

Une vieille amie de la famille s'approcha de lui et posa une main sur son bras.

— J'ai tellement hâte de faire la connaissance de ta fiancée, Ashton. Ce mariage est si soudain, je ne sais même pas comment elle s'appelle. Vous avez déjà organisé votre lune de miel ?

Qu'était-il censé répondre à ça ? Il décida simplement de maintenir la charade pour l'instant.

— Voyons madame Merson, c'est une question indiscrète. Si je vous le disais, je serais obligé de...

— Me tuer, oui je sais, répondit malicieusement la vieille femme.

Ash scanna la foule du regard. Toutes les portes fenêtres étaient ouvertes, et la piste de danse donnait directement sur la terrasse et le bar installé à l'extérieur. Des centaines de petites guirlandes lumineuses tombaient du plafond et des arbres, donnant à la scène une atmosphère féérique. Ash devait reconnaître que l'hôtel s'était surpassé pour la décoration. Des fleurs exotiques flottaient à la surface de l'eau de la piscine, et ils avaient même fait venir des cygnes vivants. Une salle adjacente avait été préparée pour leur mariage, mais Ash refusait catégoriquement d'aller la voir.

Il aperçut son père, qui était en train de parler affaires avec trois autres hommes, et le rejoignit.

— Vous pensez vraiment que c'est un bon investissement Armitage ? demanda l'un d'entre eux.

— Vous pensez vraiment qu'il va vous répondre Larry ? demanda Ash en souriant.

— J'aurais essayé, dit l'homme en se tournant vers Ash en riant. Où est ta promise jeune homme ? Elle n'est pas avec toi ? Sans doute encore en train de se pomponner. Ah, les femmes et leur...

Il s'interrompit et poussa une exclamation de surprise. Ash suivit son regard et dut se retenir de s'exclamer lui aussi. Elle – ou plutôt il – se tenait au somment des escaliers de la terrasse. Même au bras du ridicule petit homme avec son smoking à queue-de-pie, son entrée coupa le souffle de la salle tout entière. Les gens n'essayaient même plus de regarder Mariel discrètement, ils la dévoraient tous des yeux. Avec ses talons et son chignon, il mesurait presque deux mètres, une véritable déesse. Son magnifique visage affichait une expression à la fois distante et vulnérable.

Et cette robe. Mark avait vraiment fait des merveilles avec cette robe. Ash n'y connaissait rien en vêtement, mais il savait que cette robe était une véritable œuvre d'art. Le col haut accompagnait la ligne de son cou gracile et dissimulait habilement sa pomme d'Adam. La découpe au niveau des épaules révélait tout juste la ligne tentante de ses clavicules, et la fente interminable qui montait jusqu'en haut de sa cuisse, suggérait élégamment la peau nue de l'une de ses longues jambes. Le tomber du tissu ne permettait pas de donner l'illusion d'une poitrine, et Ash pouvait deviner les contours de son torse plat sous la finesse du satin. Il retint son souffle. La salle tout entière retenait son souffle.

— Mais qui est cette jeune femme ? chuchota la mère d'Ash. Elle est absolument divine.

Ash détourna difficilement le regard, et trouva son père en train de l'observer avec un air interrogateur.

— Oh, c'est... Son nom est Mariel. C'est la nièce de monsieur Pennymaker.

— Elle doit être mannequin.

— C'est ce que j'ai cru comprendre, oui, acquiesça Ash en portant de nouveau ses yeux sur elle.

Quelqu'un posa une main sur son bras, et il fut surpris de trouver Kiki, qui le regardait patiemment. Depuis combien de temps essayait-elle d'attirer son attention ?

— Hé, je vous cherchais partout, dit-il en essayant de contrôler l'émotion dans sa voix. Je croyais que nous nous étions donné rendez-vous dans ma suite ? Vous êtes magnifique dans cette robe.

Il était sincère, même si personne ne pouvait faire d'ombre à Mariel

Kiki lui sourit avec indulgence.

— Est-ce que vous avez un moment Ash ? Je voudrais vous parler en privé.

— JE NE sais pas qui est le mystérieux jeune styliste qui vous habille Mariel, mais il a une chance incroyable de vous avoir comme modèle, vous faites honneur à ses créations.

— Merci, répondit-il de la voix douce, presque soufflée, qu'il avait créée pour le personnage de Mariel.

Ils étaient dans l'un des petits salons privés. Un feu de cheminée était allumé, donnant l'illusion d'une confortable ambiance hivernale, même au beau milieu de l'été. Avec de l'argent, on pouvait même s'offrir l'illusion des saisons au grès de ses caprices.

— Les créations de ce jeune homme sont tout bonnement incroyables, il possède un véritable talent.

Mark n'en croyait pas ses oreilles. L'homme qui venait de prononcer ces mots n'était autre que Joseph Caliari, le créateur de l'une des plus grandes maisons de couture de New York.

Caliari se tourna vers monsieur Pennymaker, curieux et impatient.

— Carstairs, tu nous as promis que nous devions rencontrer le jeune homme ce soir.

Mark cessa de respirer. Comment allaient-ils se sortir de cette situation ?

— C'est vrai, je l'ai promis, répondit Mister P. en levant une main en signe d'apaisement. Et je tiens toujours mes promesses Joseph, tu vas le rencontrer. D'ailleurs, c'est déjà fait.

Mark écarquilla les yeux, incrédule.

— Voici le jeune styliste, ajouta Mister P. en désignant Mark avec un moulinet théâtral du poignet.

— Je suis désolé Mariel, s'excusa Caliari en penchant la tête sur le côté. Je n'avais pas compris que vous étiez à la fois le mannequin et la créatrice, je croyais qu'il s'agissait d'un jeune homme.

— Et tu avais raison Joseph, renchérit Mister P. que la situation faisait jubiler. Le créateur est bien un jeune homme.

— Vous voulez ri... Mon Dieu, est-ce possible ? J'ai l'habitude des modèles androgynies, mais là vous m'avez bien eu jeune homme. C'est du génie, du pur génie, s'extasia Caliari en applaudissant.

Mark poussa un soupir de soulagement et lui sourit. Mister P. lui tapota gentiment l'épaule.

— Laissez-moi vous expliquer à tous, dit-il à l'attention du petit groupe d'investisseurs autour d'eux. Mark s'est construit de lui-même, et il n'avait pas de modèle, alors il a conçu les vêtements avec ses propres mesures. Lorsque j'ai réalisé à quel point il les portait bien, j'ai immédiatement pensé qu'il n'attirerait jamais mieux votre attention qu'en vous les présentant de cette façon.

— Et tu n'as rien trouvé de mieux que de nous faire croire que c'était ta nièce ? se moqua gentiment Caliari, avant de reporter son attention sur le jeune homme.

— C'est donc vous Mark Sintorella.

— Lui-même, monsieur.

— Dites-moi Mark, avez-vous déjà défilé sur un podium ?

— Non monsieur, jamais.

— Vous devriez sérieusement y songer.

— Mon unique passion est le stylisme, monsieur.

— Cela va sans dire, avec un talent pareil. Mais une personne avec un physique aussi intéressant que le vôtre pourrait participer aux défilés masculins et féminins, et se faire beaucoup d'argent. Même si je suis au regret de vous annoncer qu'en devenant apprenti chez nous, le salaire ne sera pas aussi intéressant.

— Je vous demande pardon ? souffla Mark, le cœur battant à tout rompre.

— Je vous disais que votre salaire d'apprenti ne sera pas aussi intéressant.

— Ça m'est complètement égal monsieur, je serais prêt à être votre apprenti gratuitement.

— Carstairs, occupe-toi mieux de tes jeunes protégés, dit monsieur Caliari, riant. Ne le laisse pas dire des choses pareilles avec le talent qu'il a.

Mister P. essuya la remarque d'un revers de main.

— Il n'a pas besoin de moi, il se débrouille très bien tout seul.

— Très bien Mark, je vais m'occuper des détails pour le lancement de votre apprentissage. Si vous décidez également de défiler pour nous, vous gagnerez beaucoup plus d'argent qu'en créant simplement des vêtements, mais c'est à vous de voir si vous vous sentez capable de tout mener de front. Carstairs m'a laissé entendre que vous vouliez entrer en école de mode, aussi personne ne vous en voudra si vous décidez de ne pas défiler, ce n'est pas une condition sine qua non pour votre apprentissage.

Mark rêvait-il éveillé ? Il peinait à croire ce qu'il entendait. Il hocha machinalement la tête, hagard, avec sur le visage un sourire à s'en fendre les joues.

— Je... Oui. Mon Dieu oui.

Puis il se tourna brusquement vers son petit bienfaiteur.

— Mister P., je ne sais pas comment vous remercier !

— Tu n'as pas à me remercier mon garçon, c'est le résultat de tous tes efforts.

— Je n'aurais jamais pu rencontrer monsieur Caliari sans vous.

— Je suis sûr que tu aurais trouvé un moyen, je n'ai fait qu'accélérer les choses.

Caliari jeta un œil à sa Rolex et sortit une carte de visite de la poche de son veston, puis la tendit à Mark.

— Appellez-moi lundi, à la première heure.

— Vous directement monsieur ? demanda Mark.

Il voulait certainement dire son assistante, ou son secrétariat, mais Caliari confirma :

— Oui, c'est ma ligne directe. Je ne plaisante pas quand je dis que j'ai hâte de travailler avec vous, Mark.

— Je vous appelle lundi sans faute, promit Mark.

— Très bien, à lundi alors, lui sourit Caliari avant de quitter la salle.

Mark s'effondra dans le fauteuil le plus proche, oubliant toute l'élégance et la réserve dont il était censé devoir faire preuve.

— Je n'arrive pas à croire ce qui vient de se passer. J'ai l'impression de vivre un rêve, un conte de fées. Vous êtes fantastique Mister P.

— Je suis ravi de l'entendre mon garçon.

— Je n'ai qu'une hâte, c'est de monter retirer cette robe et de me lancer dans un nouveau projet !

— Retirer cette robe ? répéta Mister P. en riant. Voyons Mark, ta soirée ne fait que commencer.

XIII

KIKI REFERMA la porte derrière eux. Ils avaient trouvé une petite pièce intimiste avec un énième feu de cheminée, juste à côté des cuisines. Ash savait qu'ils devaient à tout prix discuter, mais il n'arrivait pas à penser à autre chose qu'à Mark. Il avait peur que le jeune homme prenne la décision de s'en aller pour de bon. Il avait peur de ne jamais le revoir.

— Kiki il faut que je…

— Ash je dois vous dire… commença-t-elle en même temps.

Ils se mirent à rire, et Ash haussa les épaules.

— À vous l'honneur.

— J'ai changé d'avis. Je ne me marierais pas avec vous.

— Vraiment ?

— Oui, vraiment. J'ai essayé de me convaincre que vous épouser pour votre argent n'était qu'une sorte de contrat d'affaires, que ça ne me posait pas de problème moral, mais c'est un mensonge. D'autant plus que…

Elle s'interrompit en souriant, et rougit légèrement.

— Je crois que je suis en train de tomber amoureuse de quelqu'un d'autre.

— Kiki, c'est une très belle nouvelle, je suis très heureux pour vous. Est-ce quelqu'un que je connais ?

— Ash, réfléchissez, vous savez déjà qui c'est.

— Quoi ? Comment voulez-vous que je…

Il releva les yeux vers elle avec un grand sourire.

— Cette chipie de Ronnie. Vous êtes en train de tomber amoureuse de Ronnie. Je suis tellement content pour vous.

— Nous venons seulement de comprendre ce qui nous arrivait. Juste après qu'elle m'a dit que vous étiez gay.

— J'espère que ce n'est pas à cause de toute cette histoire que vous… Enfin que vous…

— Ash, je vous aime beaucoup, mais non, je ne suis pas devenue lesbienne à cause de vous. Je suis presque sûre que c'est de naissance. Je n'avais simplement pas rencontré la bonne personne, et j'avais fini par me convaincre qu'elle ne viendrait plus.

— Je comprends, à votre grand âge, se moqua-t-il gentiment.

Elle lui tapa dans l'épaule en riant.

— La première fois que j'ai vu Ronnie, j'ai tout de suite su. Mais jamais je n'aurais imaginé qu'elle puisse partager mes sentiments. Je suis désolée de vous annoncer tout ça au dernier moment. Mais il reste toujours quelques jours avant votre anniversaire, cela vous laisse encore un peu de temps pour trouver une éventuelle remplaçante.

— Ne vous inquiétez pas pour moi, je vous cherchais pour vous annoncer que j'avais pris la décision de ne pas vous épouser.

— Comment ? Vous alliez m'abandonner devant l'autel ? demanda-t-elle faussement scandalisée.

— En tout cas, merci pour tout Kiki, vraiment. Je dois y aller, j'ai quelque chose d'important à faire. Allez donc retrouver Ronnie, emmenez-la sur la piste de danse.

Kiki ouvrit de grands yeux, puis hocha la tête en souriant.

— Merci Ash, c'est une excellente idée.

Il lui fit un dernier petit signe de main, puis sortit de la pièce pour regagner la salle de bal. La piste de danse et le bar étaient à présent noirs de monde. Ash chercha désespérément la silhouette familière de Mark. Il savait qu'il le reconnaitrait, même dans cette foule. Mais Mark n'était nulle part en vue.

Il joua des coudes dans la masse de corps pressés les uns contre les autres. Au début, il s'excusa à profusion, mais personne ne lui prêtait attention, alors il se fraya un chemin jusqu'à la terrasse sans plus faire de politesse. Enfin, il arriva au bord de la piscine. Les cygnes étaient sortis de l'eau, et pinçaient les mollets des invités les moins attentifs. Ash aperçut ses parents au loin, puis enfin, ses yeux se posèrent sur Mark. Il était aux côtés de monsieur Pennymaker, ils discutaient avec un vieil homme qu'Ash ne connaissait pas.

En le dévorant du regard, Ash réalisa que Mark était son idéal de beauté. Qu'il porte une robe de princesse ou bien un jean sale avec son maudit bonnet, il était l'homme de ses rêves. Il espérait de tout son cœur qu'il n'était pas trop tard pour le reconquérir. La dernière fois qu'ils s'étaient vus, Mark était bouleversé et en colère.

Ash replongea dans la foule pour le rejoindre, et lorsqu'il arriva enfin derrière Mark, ou Mariel, son regard rencontra celui de monsieur Pennymaker. Le petit homme avait l'air parfaitement calme et composé, comme s'il s'était attendu à le voir arriver.

Il posa une main sur le bras ganté de Mark qui tourna aussitôt vers lui ses grands yeux sombres, bordés de khôl noir. Il sourit d'abord instinctivement, puis se ravisa et son expression tout entière se referma.

— Pourrais-je vous parler Mariel ? demanda-t-il en retirant sa main.

— Je crains que cela ne soit pas possible, répondit froidement Mark en secouant la tête.

— Je vous en prie, c'est important.

Mark secoua de nouveau la tête, et une mèche de cheveux soyeux tomba devant ses yeux. Ash pouvait sentir le poids du regard de monsieur Pennymaker qui les surveillait de près, et du vieil homme qui semblait terriblement curieux.

À bout de patience, Ash décida de tenter le tout pour le tout, tant pis pour le public.

— Je ne vais pas épouser Kiki.

Les yeux de Mark s'arrondirent de stupeur.

— Mais, pourquoi ?

— Elle est amoureuse de quelqu'un d'autre.

— Oh. Je vois.

— Non, ce n'est pas la raison pour laquelle j'ai décidé de ne pas l'épouser. J'avais déjà pris ma décision, parce que ce n'est pas avec elle que je veux être, c'est avec vous.

— Avec moi ? répéta Mark stupéfait. C'est ridicule, pourquoi moi ?

Ash serra les poings. C'était le moment ou jamais.

— Parce que je vous aime.

Mark prit une petite inspiration de surprise, mais monsieur Pennymaker n'avait pas l'air étonné du tout. Quant au vieil homme ? Il avait toujours l'air aussi curieux.

— Vous m'aimez ? Depuis quand ?

— Je ne sais pas, mais je suis sûr de mes sentiments. Je l'ai toujours été. Depuis le moment où j'ai posé les yeux sur vous. Je sais que ça ne fait pas longtemps, mais je dois vous l'avouer, ces derniers jours ont été quelque peu mouvementés, ajouta Ash en lui glissant un sourire complice, priant de toutes ses forces pour que son charme légendaire face effet.

— Ash et ton héritage ? chuchota Mark en abandonnant complètement le personnage de Mariel.

— J'ai tiré un trait dessus.

— Comme ça ? Sans y réfléchir ?

— Tu sais très bien que j'y ai beaucoup réfléchi, mais l'argent n'en vaut pas la peine, pas si je te perds Mark.

Le jeune homme baissa les yeux sur ses mains tremblantes et chuchota :

— Et ton projet d'agence d'adoption ?

— J'ai toujours l'intention de le faire, ça me prendra simplement plus de temps. Je viens de demander un emploi à l'homme qui a formé mon père. Ce sera au sein de l'entreprise Armitage, mais dans un département complètement indépendant. Je vais commencer par trouver des contacts qui accepteront de m'aider, et puis je lancerai ma fondation, je récolterai des fonds. Pour la première fois de ma vie je vais pouvoir me servir de mon nom de famille pour autre chose qu'une réservation dans un restaurant huppé, dit-il en riant.

Mark attrapa ses mains.

— C'est merveilleux, Ash. C'est un merveilleux projet.

— Tu le penses vraiment ?

— Du fond du cœur, répondit-il avec un grand sourire. J'ai quelque chose à t'annoncer moi aussi.

— Qu'est-ce que c'est ?

— Je viens d'être pris comme apprenti styliste pour la maison de couture Caliari, grâce à monsieur Pennymaker.

— C'est fantastique, je savais que tu y arriverais. Avec ton courage, tu peux tout faire.

— Qu'est-ce que ça signifie pour nous ? demanda Mark en sentant son sourire s'effacer.

— J'espérais que nous pourrions essayer de nous mettre ensemble.

— Ash, je refuse de vivre caché en surveillant constamment mes arrières pour être sûr qu'il n'y a pas de paparazzi avant de t'embrasser. Je t'aime, mais je ne ferais pas ce sacrifice.

— Tu... tu m'aimes ?

— Évidemment je t'aime, mais as-tu écouté le reste de ma phrase ?

— Tu m'aimes ? répéta Ash en souriant bêtement.

— Mais oui je t'aime, crétin. Je t'aime, mais ça ne signifie pas que je suis prêt à tout accepter. J'ai passé ma vie à être prudent, à ne pas me faire remarquer, mais c'est terminé.

Il baissa les yeux sur sa robe, puis releva la tête et défia tout le monde du regard.

— Au cas où vous n'auriez pas remarqué.

— Ce n'est pas ce que je te demande Mark, jamais je ne te forcerais à vivre comme ça. Je serais prêt à prendre le micro et avouer ma sexualité se soir même si je n'avais pas peur de plomber l'ambiance. Je veux être ton petit-ami, ton amant, tout ce que tu voudras.

— Tu es sincère ?

— Plus que je ne l'ai jamais été.

— Dans ce cas, je pense que tu connais déjà ma réponse...

— Et ta réponse est ?

— Oui, oui, mille fois oui ! s'exclama Mark en lui sautant dans les bras.

Avec ses talons, il était légèrement plus grand qu'Ash, c'était un peu étrange, mais pas désagréable. Avec ou sans talon, Ash était fou de lui. Il serra le jeune homme fort contre lui, et l'embrassa à pleine bouche en ignorant le goût chimique du rouge à lèvres. Puis soudain, il se recula.

— Je vais abimer ton maquillage.

— Si tu savais comme je m'en fiche.

Un tonnerre d'applaudissements retentit et Ash regarda autour de lui avec étonnement. Une foule de gens s'était rassemblée autour d'eux et les observait avec intérêt. C'était sans doute le moment idéal pour avouer la vérité au monde entier. Ash prit une grande inspiration...

— Mesdames, messieurs, interrompit la voix de monsieur Pennymaker. Je sais que vous attendez tous avec impatience le mariage qui doit clôturer notre bal. Laissez-moi le plaisir de vous présenter les heureux élus qui vous ont invité ce soir afin d'assister à leur union.

Je vous invite à regagner les festivités, nous vous préviendrons au commencement de la cérémonie.

— Mister P., à quoi jouez-vous ? demanda Mark dans un chuchotement paniqué.

— Vous avez perdu la tête Pennymaker ? demanda Ash en fronçant les sourcils.

Le petit homme sourit comme si tout allait pour le mieux. Il les éloigna un peu de la foule, et invita le vieil homme qui était là depuis le début à les suivre.

— Beaucoup de ces gens sont venus tout spécialement pour le mariage, nous n'allons quand même pas les décevoir.

— Il nous faut un permis et il faut le demander au minimum vingt-quatre heures avant, c'est de la folie. Même si Mark acceptait, ce n'est pas réalisable.

— Tu veux dire que tu serais prêt à m'épouser ? Si nous avions ce permis ?

— Bien sûr que je suis prêt à t'épouser, répondit-il en caressant tendrement son visage.

— Dans ce cas, j'en profite pour vous présenter un très bon ami à moi, Harold Langerfeld, intervint Mister P. en désignant l'homme qui les avait silencieusement observés pendant tout de temps.

— Le juge Harold Langerfeld ? clarifia Ash en penchant la tête sur le côté.

— En personne, sourit le vieil homme.

Ash avait beaucoup entendu parler de lui, le célèbre juge gay au tempérament de feu, qui s'était battu toute sa vie pour le droit au mariage des personnes de même sexe.

— C'est un honneur de vous rencontrer monsieur. Qu'est-ce qui vous amène ici ? Je veux dire, à part notre irrécupérable monsieur Pennymaker ?

— Carstairs m'a demandé de venir. Il m'a expliqué que votre jeune ami et vous alliez avoir besoin d'un juge. Nous sommes amis depuis très longtemps et je lui devais un service, je n'ai pas pu refuser.

Mark se tourna vers Mister P.

— Comment pouviez-vous savoir ce qui allait se passer ?

— L'intuition d'une vieille chouette, mon garçon. J'ai tout de suite su que vous étiez faits l'un pour l'autre.

— Un des grands avantages d'être juge, ajouta Langerfeld, c'est que je peux faire l'impasse sur le délai de vingt-quatre heures. Si tel est votre souhait. Et il s'avère que j'ai avec moi un permis de mariage, sur la demande expresse de ce cher Carstairs.

— Oh mon Dieu, murmura Mark.

Ash éclata de rire et prit ses mains entre les siennes.

— Pris à notre propre jeu. Mark, je sais que nous ne nous connaissons que depuis quelques jours…

— Mais c'est comme si ça faisait toute une vie, compléta le jeune homme en hochant la tête. Je sais que sous tes dehors charmeurs et insouciants, tu es profondément sensible et affectueux. Tu es intelligent, drôle, et soyons honnêtes, très doué au lit. Peu de gens savent déjà autant de choses sur leur promis avant de se marier.

— Et je sais que tu es la personne la plus courageuse que je connaisse. Je sais que tu es déterminé, et que quand tu as une idée en tête, rien ne peut t'arrêter. J'ai la sensation qu'avec toi, je peux tout réussir, même un mariage surprise.

— Mister P., appela Mark en plongeant son regard dans celui d'Ash. Je crois que vous avez votre réponse.

— Fantastique ! s'exclama le petit homme. Et si vous officialisiez cette décision avec une danse ?

Ash tendit une main à Mark.

— Est-ce que tu es prêt ?

— Notre toute première danse.

Il entraîna Mark sur la piste, conscient de tous les regards posés sur eux, et le prit délicatement dans ses bras. Mark posa sa tête sur son épaule et Ash sentit une mèche de cheveux noirs lui chatouiller l'oreille. L'orchestre jouait une chanson qui parlait d'amour inconditionnel, et ils se balancèrent en rythme comme s'ils avaient fait ça toute leur vie.

— C'est tellement bizarre de ne pas sentir la forme de ton sexe contre ma cuisse, gloussa silencieusement Ash.

— Si tu savais ce que j'ai dû faire pour le cacher… Moi par contre je peux sentir le tien.

— Ne parle pas trop fort, tu vas choquer nos invités, sourit malicieusement Ash contre son oreille.

— Ash ?

— Humm ?

— Prenons-nous la bonne décision ? Es-tu vraiment prêt à faire tous ces sacrifices ?

— Il n'y a pas que moi qui fais des sacrifices, mon amour. Tu vas devenir tristement célèbre en moins d'une nuit. L'amant gay du playboy millionnaire qui déçoit sa famille et refuse son héritage, dit-il avec un sourire mélancolique.

— Le mari, corrigea Mark.

— Pardon ?

— Le mari du playboy millionnaire.

— Tu as raison, répondit Ash, la gorge nouée par l'émotion. Le mari.

— J'ai tellement hâte, dit Mark en souriant, le blanc de ses jolies dents bien alignées à peine visible derrière ses lèvres maquillées.

— Moi aussi.

— Qu'en penses-tu, mon futur mari ? Crois-tu qu'il est l'heure d'aller échanger nos vœux ?

Ash le souleva dans ses bras pour le faire tourner, puis le reposa et le fit lentement basculer en arrière pour l'embrasser passionnément.

— Allons-y, murmura-t-il contre ses lèvres.

Ils allèrent trouver monsieur Pennymaker qui tapa dans ses mains avec enthousiasme.

— Excellent, mes enfants. Allons trouver un coin tranquille pour signer votre certificat.

XIV

— Kiki ? que se passe-t-il ? Où est Ash ? Pourquoi n'êtes-vous pas en train de vous préparer pour le mariage ?

L'instant de vérité venait d'arriver. Un des danseurs bouscula Kiki, s'excusa en riant, et disparut de nouveau dans la foule. Que n'aurait-elle pas donné en cet instant pour faire comme lui, disparaitre dans la foule avec insouciance.

— Il n'y aura pas de mariage, mère.

La grimace d'incompréhension et de contrariété sur le visage de sa mère était presque comique.

— Ne sois pas ridicule, les gens sont en train de s'installer dans la salle. J'en reviens tout juste, la décoration est absolument somptueuse.

— Et bien, s'il y a un mariage, ce n'est plus avec moi.

— Qu'est-ce que c'est que ces conneries ?

— Mère ! s'exclama Kiki en manquant s'étrangler de rire. Je suis terriblement choquée.

— Oh, arrête donc de faire ta maline et explique-moi ce qui se passe.

— J'ai décidé que je ne pouvais pas épouser Ash pour son argent et sacrifier mon indépendance pour une union en carton. Je suis désolée mère, je n'en suis pas capable. J'ai été tentée par les possibilités qu'offrait tout cet argent, mais finalement, j'ai compris que je n'y arriverais pas.

— L'as-tu annoncé à Ash ? Qu'en pense-t-il ?

— Il est heureux et d'accord avec cette décision.

— Malgré la perte de son héritage.

— Il faut croire que oui. Je ne sais pas ce qu'il a prévu de faire. Tout ce que je sais, c'est que nous nous sommes accordés à dire que ce mariage était une mauvaise idée. Pour lui comme pour moi.

Béatrice se laissa tomber sur la chaise la plus proche, et attrapa le premier verre d'alcool qui lui tombait sous la main, sans vérifier s'il appartenait déjà à quelqu'un.

— Je suis vraiment désolée maman, déclara doucement Kiki. Je croyais que je pouvais le faire, pour vous, pour Bérénice, pour assurer votre sécurité financière, mais je n'en ai pas le courage.

— Tu ne vas sans doute pas me croire, mais c'était pour toi que je voulais ce mariage Erika. Le nom, la fortune, je voulais que tu puisses voyager, que tu sois libre de faire de la musique sans avoir à t'inquiéter de l'argent…

— Je vous crois maman, bien sûr que je vous crois. Je sais que vous êtes une bonne mère, mais il ne faut pas vous inquiéter pour moi, je vais me débrouiller toute seule.

— Je sais bien ma chérie, je n'en doute pas, mais je me disais que l'argent des Armitage te faciliterait la vie, soupira Béatrice.

— Il y a autre chose qu'il faut que je vous avoue, autant que vous le sachiez maintenant.

L'orchestre changea de chanson, et une chanteuse monta sur scène, fredonnant d'une voix sensuelle une chanson sur la fin de la solitude et la découverte du grand amour.

— Après cette révélation, tu peux bien m'avouer ce que tu veux ma chérie.

Kiki sourit avec indulgence, c'était peut-être un peu trop en même temps pour sa pauvre mère. Une main effleura son épaule, et elle se retourna pour découvrir le visage de celle dont elle était tombée amoureuse.

— M'accorderais-tu l'honneur de cette danse ? demanda Kiki avec un sourire en coin.

— Avec plaisir.

Elle se retourna vers sa mère.

— Et si nous en parlions un peu plus tard ?

Puis elle prit la main de Ronnie et elles entrèrent à leur tour sur la piste de danse. Elles s'apprêtaient à donner à la foule une nouvelle leçon de tolérance, ils n'avaient plus qu'à s'accrocher à leurs perles et leurs chapeaux haut-de-forme. Elle se blottit dans les bras de Ronnie, sa poitrine serrée contre la sienne, et frissonna lorsque l'une de ses longues jambes se glissa entre les siennes, parmi les flots de mousseline de sa robe rose. Lorsqu'elle regarda par-dessus l'épaule de Ronnie pour guetter la réaction de sa mère, elle fut surprise de constater que cette dernière n'avait pas l'air plus choquée que cela.

— PENNYMAKER, QU'EST-CE que c'est que cette histoire ? Où est notre fils ?

— Melvin, quel plaisir de te revoir, mais tu n'as pas l'air bien mon ami. Viens donc t'asseoir un moment.

Il tira la chaise à côté de lui, et monsieur Armitage s'effondra dedans. Il fixa le petit homme d'un regard sévère.

— J'ai entendu dire que c'était toi qui étais derrière cette histoire de bal et de mariage ?

— Voyons, qui a bien pu te donner une idée pareille ?

— Je te connais Carstairs, tu aimes jouer les entremetteurs et tu n'as jamais su résister aux histoires d'amour. Je me souviens encore de ces deux jeunes gens en Inde que tu as réunis malgré le désaccord de leurs familles respectives.

— Ils étaient amoureux, je ne vois pas ce que l'accord de leur famille vient faire là-dedans.

— C'est bien ce que je dis, entremetteur. Dis-moi où est mon fils.

— Il se prépare pour son mariage il me semble.

— À en juger par la commotion créée par ces deux demoiselles sur la piste de danse, j'en déduis qu'il ne se marie plus avec Kiki Fanderel ?

— En effet, il a préféré choisir de se marier par amour.

— Par amour ? répéta Armitage en fronçant les sourcils comme si le mot lui était étranger. Tu veux me faire croire que mon fils de vingt-cinq ans, qui n'a jamais eu une seule relation sérieuse, est sur le point d'épouser une personne dont je ne connais même pas l'existence ?

— Ça m'en a tout l'air.

— Et bien… soupira monsieur Armitage en secouant la tête. Il se marie au moins, c'est déjà ça j'imagine. C'est dommage, j'aimais bien la jeune Kiki, elle avait l'air d'avoir la tête sur les épaules.

— Fais-moi confiance, la personne sur laquelle il a porté son dévolu est tout aussi mature et responsable.

— C'est la deuxième fois aujourd'hui que mon fils me surprend, déclara Armitage en se relevant. Savais-tu qu'il avait décidé de travailler pour l'entreprise familiale, mais pas avec moi ? Lui qui n'a jamais manifesté la moindre intention de travailler, voilà qu'il a décroché un emploi sans même m'en parler auparavant.

— C'est un jeune homme plein de ressources.

— C'est bien la seule chose dont je n'ai jamais douté. Il faudrait quand même un jour que tu me racontes comment ce mariage est arrivé, autour d'un verre.

— Je sais déjà comment ça commencera. « Il était une fois… »

Monsieur Armitage secoua la tête, exaspéré, Carstairs éclata de rire, et ils entrèrent ensemble dans la salle de cérémonie.

— JE N'AI jamais été aussi nerveux de toute ma vie, Mister P., avoua Mark, le dos pressé contre la porte du petit vestiaire, au fond de la salle de cérémonie. Il y a tellement de gens, vous êtes certain que nous n'aurions pas dû attendre un peu ?

— L'amour n'attend pas mon garçon. Respire profondément, tout va bien se passer.

— J'aurais peut-être dû me changer, continua Mark en baissant les yeux sur sa robe. C'est une tenue beaucoup trop provocante pour un mariage.

— Tu travailles désormais pour une grande maison de couture, et tu t'apprêtes à épouser un prince, il va falloir t'habituer à la provocation, fit malicieusement remarquer monsieur Pennymaker en tressant des fleurs dans les longs cheveux du jeune homme.

Mark sourit, il avait été obligé de monter sur une chaise.

— Il y a toujours une princesse dans les mariages de contes de fées, pourquoi ce ne serait pas toi cette fois ?

— Tout le monde n'est pas aussi ouvert d'esprit que vous, Mister P.

Le petit homme le prit par les épaules et le regarda dans les yeux. Pour une fois, il avait l'air terriblement sérieux.

— Tu as toujours vécu ta vie dans l'honnêteté. Que t'importe ce que pensent les autres ?

Mark baissa les yeux vers ses magnifiques chaussures.

— Votre avis et celui d'Ash m'importent, dit-il d'une petite voix.

— Et tu sais pertinemment que nous t'aimons tous les deux exactement comme tu es.

— C'est bien ce que je trouve miraculeux, sourit Mark.

— Nous sommes tous des enfants de l'univers, et nous méritons tous d'être aimés sans condition pour ce que nous sommes. Le plus important, c'est de savoir ouvrir son cœur et de croire en la magie de l'amour.

— Il y a encore quelques jours, je vous aurais sans doute répondu que vous étiez cinglé.

— Et aujourd'hui ?

Mark écarta les bras, comme pour désigner la situation tout entière.

— Regardez où je suis arrivé avec le pouvoir de l'amour.

Mister P. descendit de sa chaise et attrapa quelque chose dans la poche intérieure de sa veste de costume.

— J'ai quelque chose pour toi, Mark. Je pense que tu risques d'en avoir besoin, dit-il en lui tendant une petite boîte en velours noir.

— Oh mon Dieu, s'exclama Mark en la prenant délicatement entre ses mains. Est-ce que je peux l'ouvrir ?

— Tu ferais mieux de te dépêcher, je crois que j'entends ta chanson.

Un magnifique accord baroque retentit de l'autre côté de la porte. Mark ouvrit la petite boîte et y découvrit un simple anneau en platine, incrusté de minuscules diamants, comme des étoiles.

— J'avais oublié qu'il me faudrait une bague, murmura-t-il admiratif.

— J'ai été obligé de deviner la taille, mais je pense qu'elle devrait lui aller.

— Elle est vraiment magnifique Mister P., et avec mon nouveau travail je vais pouvoir vous rembourser.

— Tu ne feras rien de la sorte mon garçon, c'est un cadeau.

Mark sentit ses yeux se voiler de larmes.

— Je ne vous remercierai jamais assez pour tout ce que vous avez fait, personne n'a jamais cru en moi comme vous l'avez fait.

— Et tu vois finalement, le plus important, c'était que *tu* crois en toi. La meilleure chose que tu puisses faire pour me remercier, c'est d'être heureux.

— Je le suis déjà, dit-il en se penchant pour étreindre le petit homme.

Mister P. le serra contre lui, puis le repoussa pour le regarder dans les yeux.

— Pas de larmes avant le mariage, tu vas faire couler ton mascara. Donne-moi la bague, et occupe-toi de ton bouquet.

— J'ai un bouquet ?

— Évidemment mon enfant, comme toutes les mariées, dit-il avant de sortir un bouquet d'orchidées couleur crème. Est-ce que tu es prêt ?

Mark inspira et expira calmement.

— Allons-y.

Mister P. ouvrit la porte, et le brouhaha de la salle et la musique enveloppèrent Mark. Son cœur manqua quelques battements, et il noua instinctivement son bras avec celui de Mister P., son protecteur, son ami, l'homme qui l'avait aidé à réaliser ses rêves.

— Je suis tellement content que ce soit vous qui me conduisiez jusqu'à l'autel, merci d'être là.

— Le plaisir est pour moi mon garçon, répondit Mister P., le regard brillant de larmes.

La foule s'écarta pour les laisser passer. Quelques personnes applaudirent, d'autres prirent des photos. Mark essaya de sourire, cramponné au bras de Mister P. comme à un radeau de survie.

Ils traversèrent la salle qui était pleine à craquer. Chaque siège était occupé, et il y avait même des gens debout le long des murs. Un long tapis blanc avait été déroulé au milieu de la salle, entre les sièges, et au bout duquel se trouvait un gigantesque arc couvert de fleurs. Des bougies étaient accrochées un peu partout sur les murs, posées sur les rebords de fenêtres. C'était un vrai mariage de conte de fées.

Ils se rapprochèrent du premier rang et la musique s'intensifia. Mark reconnut beaucoup des gens de l'hôtel, des clients, des employés. Et dire qu'aucun d'eux ne savait que c'était le petit nettoyeur de cheminée qui se cachait dans cette robe. Ils le prenaient tous pour une mystérieuse et exotique jeune femme.

Mark regarda droit devant lui et aperçut d'abord le juge, et puis son cœur s'arrêta, avant de se mettre à battre la chamade. Ash. Aussi parfait et séduisant que le premier jour où il l'avait vu, dans le hall de l'hôtel. Il arborait un sourire serein qui illuminait son visage. La lueur fébrile des bougies jouait avec les étranges reflets argentés de ses cheveux blonds. Mark voulait sentir sa main dans la sienne plus que jamais, il avait besoin de le sentir, de le toucher.

Il fit un pas en avant pour le rejoindre, mais Mister P. tira sur son bras. Ne s'y attendant pas, Mark trébucha légèrement vers l'avant, et perdit l'une de ses chaussures. Il se sentit rougir en attrapant le bras de Mister de P. pour s'empêcher de tomber. Quelques exclamations inquiètes retentirent dans la foule.

Mark ne savait plus où se mettre. Mister P. lui tapota la main pour le rassurer et lui rappela :

— Tout va bien se passer.

— Tu as perdu quelque chose je crois, mon amour.

Mark baissa les yeux et se retrouva aussitôt happé par le bleu incroyable du regard de son fiancé. À genoux devant lui, Ash lui tendait sa chaussure égarée. Prenant appui sur Mister P., Mark leva légèrement le pied et laissa Ash lui remettre sa sandale. Puis, le prince releva la tête vers lui.

— Ma Cendrillon.

Mark se mit à rire, et les personnes les plus proches qui avaient pu suivre leur échange se mirent à rire également. Ash se releva, et se plaça de l'autre côté de Mark pour prendre son autre bras. Ils avancèrent ainsi tous les trois jusqu'au juge. Mister P. sortit la bague de sa poche, et la tendit au vieil homme, qui la plaça sur un coussin, posé sur une table couverte de fleurs, juste derrière lui. Il y avait déjà une autre bague sur le coussin, pratiquement identique à celle de Mister P., avec quelques diamants de plus. Mark sentit ses mains trembler autour des orchidées.

— Laisse-moi te débarrasser de tes fleurs, mon enfant, lui proposa gentiment Mister P.

Mark lui tendit son bouquet, et Mister P. prit l'une de ses mains libres, pour la placer entre celles d'Ash, avant d'aller s'asseoir d'un pas dramatique sur une chaise libre au premier rang, juste à côté des parents d'Ash. Mon Dieu, les parents d'Ash qui n'étaient au courant de rien. Mark sentit la panique l'envahir.

Mais lorsqu'il regarda dans les yeux de l'homme qu'il aimait, toutes ses inquiétudes s'envolèrent. Parce que oui, il aimait cet homme, sans doute et sans réserve. Il l'aimait de tout son cœur et de toute son âme. Et rien ne pouvait changer ça.

— Mesdames et messieurs, résonna la voix imposante du juge Langerfeld. Je suis conscient que nombre d'entre vous assiste à ce mariage par curiosité, ou parce que vous étiez au bal, et que vous ne vouliez pas rentrer chez vous.

Beaucoup de gens éclatèrent de rire.

— J'espère cependant que vous vous joindrez à moi dans la bienveillance pour souhaiter à ce jeune couple une longue vie de bonheur, car l'union qu'ils s'apprêtent à célébrer est celle de leurs cœurs et de leurs esprits. En qualité de juge de la Cour Suprême de New York…

À cette annonce, une vague de murmures se fit entendre.

— Je n'ai malheureusement pas souvent eu l'occasion de célébrer des mariages. Aussi, c'est pour moi un grand honneur aujourd'hui de célébrer l'union de monsieur Ashton Armitage, et… Monsieur Mark Sintorella.

Mark frissonna et un concert d'exclamations en tout genre éclata dans l'assemblée. Ash serra les mains de Mark entre les siennes, et se pencha pour le rassurer.

— Ne t'inquiète pas mon amour, tout va bien. Nous savions que nous allions faire sensation, lui sourit-il.

Langerfeld parvint tant bien que mal à faire taire tout le monde, sauf Melvin Armitage, qui s'avança jusqu'à eux, le visage fermé.

— Ash enfin, qu'est-ce qui se passe ? Dois-je comprendre que cette jeune femme est en fait un jeune homme ?

— En effet monsieur, répondit Mark en se tenant bien droit. Je suis un homme, mais je n'ai pas pour habitude de m'habiller comme ça.

Quelqu'un dans la foule qui avait probablement reconnu Cendres, s'écria :

— C'est le moins qu'on puisse dire !

— Cet accoutrement était-il destiné à nous tromper ? Si c'est le cas, c'est réussi.

— Non monsieur.

— Mel, intervint Mister P. en les rejoignant. Ce garçon est un jeune styliste et un futur apprenti de la maison Caliari. Il porte cette robe à ma demande, pour montrer son talent à monsieur Caliari qui est là ce soir.

— J'aurais dû me douter que tu étais derrière tout ça, soupira Armitage en se tournant vers Pennymaker.

— C'est un concours de circonstances, je n'y suis pas pour grand-chose, répondit-il en faisant un clin d'œil discret à Mark.

— Père, je suis désolé, offrit Ash en glissant un bras autour de la taille de Mark. Je ne voulais pas vous prendre par surprise, mais l'opportunité d'épouser l'homme que j'aime s'est présentée, et je ne pouvais pas la laisser passer. Vous vouliez me voir marié dans la semaine, c'est chose faite. Je sais bien que ce n'est sans doute pas ce que vous aviez en tête, mais c'est ce que moi, je veux. Ce que j'ai toujours voulu. Mark et moi avons tous les deux trouvé des emplois stables, nous sommes prêts à subvenir à nos propres besoins sans vous demander votre aide, et j'espère qu'un jour, vous pourrez être fier de moi.

— Tu es gay, déclara monsieur Armitage en le scrutant attentivement, mais ce n'était pas une question, c'était une confirmation.

— Oui, répondit malgré tout Ash.

— Ça explique beaucoup de choses.

— Je sais bien.

— Mel, j'aimerais bien continuer, si tu n'y vois pas d'inconvénient, les interrompit le juge Langerfeld.

Armitage observa Ash et Mark pendant un long moment, puis Mister P. et lui retournèrent à leur siège sans rien ajouter.

Mark entendit vaguement le discours du juge Langerfeld, mais tous les mots se mélangeaient dans sa tête sans trop de sens. La seule chose dont il était parfaitement conscient, c'était des mains d'Ash qui tenaient les siennes. Ces mains dont il avait rêvé, qui l'avaient fait fantasmer. Il sourit.

— La coutume veut que les époux échangent des anneaux en guise de leur amour. Tout comme l'anneau, symbole d'infini, votre amour ne connaitra pas de fin, conclut la voix du juge.

Un amour sans fin. Mark contempla les deux bagues sur le petit coussin que leur tendait Langerfeld. Il s'apprêtait à lier sa vie avec celle d'Ash, pour toujours. Tous les gens qu'il aimait l'avaient toujours abandonné, mais pas Ash, Ash venait de lui promettre de l'aimer à tout jamais.

Mark attrapa l'anneau que lui avait offert Mister P., les petits diamants envoyant des reflets comme des paillettes d'étoile dans les yeux bleus d'Ash.

— Acceptes-tu de recevoir cette bague, en symbole de notre amour ?

— Je le veux.

Mark glissa l'anneau à son doigt et fut surpris de constater qu'il lui allait parfaitement. Mister P. avait décidément plus d'un tour dans son sac.

Ash prit l'autre bague et lui sourit tendrement.

— Mark, acceptes-tu de porter cette bague, et de me laisser t'aimer et te chérir jusqu'à la fin des temps ?

Les yeux de Mark se remplirent de larmes, mais il sourit en répondant :

— Oh que oui.

Ils répétèrent ensuite tour à tour l'échange de vœux officiels après Langerfeld, et enfin, *enfin*, il officialisa leur union.

— En vertu des pouvoirs qui me sont conférés par l'État de New York, je vous déclare unis pour la vie. Vous pouvez embrasser le marié.

Ash glissa sa main dans le cou de Mark, le bout de ses doigts s'enfonça dans la jungle de ses cheveux noirs, puis il posa ses lèvres contre les siennes avec une douceur infinie. C'était le plus beau baiser de toute l'existence de Mark.

Leur baiser fut aussitôt suivi d'un tonnerre d'applaudissements. Mark n'était pas naïf, il se doutait bien qu'une partie des gens avait quitté la salle en découvrant qu'il était un homme, mais au bruit des applaudissements, il devinait que la majorité d'entre eux était restée.

— Je crois que je vous aime mon cher mari, chuchota Ash contre ses lèvres.

— Idem, sourit Mark.

Ils se séparèrent pour se tourner vers la foule, et Ash demanda :

— Que faisons-nous maintenant ?

— Personnellement, j'ai très envie de retirer tout cet attirail.

Comme s'il avait lu dans leurs esprits, Mister P. se leva pour prendre la parole.

— Chers amis, Ash et Mark vont à présent aller se rafraîchir. Je vous invite à poursuivre les festivités dans la salle de bal, où vous trouverez du dessert et du champagne.

Ash offrit son bras à Mark, et ensemble ils sortirent de la salle.

— Je ne t'ai même pas demandé ce que tu préférais pour nos noms de famille.

— Et toi ? Qu'est-ce que tu préférerais ?

— Nous pourrions conserver les deux, ajouter un trait d'union.

Mark réfléchit longuement, avant de secouer la tête.

— Mark Armitage, ça sonne très bien.

XV

UNE FOIS sorti de la salle, Mister P. les attendait dans le couloir pour les escorter vers une petite pièce vide, dans laquelle brûlait un feu de cheminée. Il les fit entrer et referma la porte derrière eux sans attendre. Ils étaient enfin seuls.

Ash poussa gentiment Mark contre la porte.

— Puis-je encore embrasser le marié ?

— Fais-toi plaisir.

Ils s'embrassèrent longuement, paresseusement, sans urgence aucune, ils avaient toute la vie devant eux. Lorsqu'Ash recula enfin, ce fut pour susurrer à l'oreille de Mark :

— J'ai tellement envie de toi, si je t'embrasse encore, nous ne sortirons jamais de cette pièce.

Mark déposa un dernier petit baiser rapide sur ses lèvres closes.

— Je ferais mieux d'aller remettre du rouge à lèvres, soupira-t-il.

— Mark, regarde.

Le jeune homme se tourna dans la direction que pointait son mari, et découvrit un portant à vêtements sur lequel étaient suspendu un magnifique smoking noir et une chemise blanche. Sur la table à côté étaient posées une cravate et une paire de chaussettes, et sur le sol une paire de chaussures de ville en cuir noir. Mark n'eut pas besoin de vérifier pour savoir que tout était parfaitement à sa taille.

Sa bouche s'arrondit sur un « o » de surprise, il n'avait jamais porté de smoking de sa vie.

— De la part de monsieur Pennymaker ?

— Qui d'autre ?

— Tu pourras faire ton nœud de cravate tout seul ?

— Je te rappelle que je suis styliste.

— D'accord monsieur le styliste. Ça ne t'embête pas si je t'abandonne et que je vais affronter la foule en premier ?

— Tu ne crois pas que nous devrions faire ça ensemble ? demanda Mark inquiet.

— Je ne m'éloignerais pas, c'est promis. Tu n'auras qu'à sortir me rejoindre dès que tu te seras changé.

— Nous couperons le gâteau ensemble.

— Et nous pourrons commencer notre nouvelle vie.

EN SORTANT de la pièce, Ash tomba nez à nez avec son père. Il y avait encore quelques curieux dans les parages, mais la plupart des gens s'étaient laissé séduire par la promesse de dessert et de champagne. L'orchestre jouait une reprise des Rolling Stones. Ash vint s'appuyer contre le mur, juste à côté de son père.

— Depuis combien de temps sais-tu que tu es gay ? demanda-t-il en regardant ses pieds.

— Je crois que j'ai toujours su que j'étais un peu différent. À quatorze ans, je n'avais jamais vraiment eu d'intérêt pour qui que ce soit, je croyais que j'étais simplement un peu en retard, et que ça allait venir. Et à seize ans, j'ai compris que j'étais attirée par les garçons, mais ce n'est pas pour autant que j'ai décidé d'expérimenter.

— Non, mais tu aurais pu décider de nous en parler.

— Ce n'est pas comme si la famille Armitage supportait ouvertement le drapeau arc-en-ciel, se défendit Ash. Je savais que vous aviez de grands espoirs pour moi, que vous vouliez que je reprenne l'affaire familiale. Mais je savais aussi que la rumeur d'un fils homosexuel pouvait mettre la société en péril.

— Alors tu as préféré jouer les playboys.

— Je crois qu'une partie inconsciente de moi s'est dit que, quitte à être déçu par moi, je préférais que vous le soyez parce que j'étais un coureur de jupons.

— Tu aurais pu me laisser une chance.

— Je sais, je suis désolé. Mais j'avais en permanence l'impression que vous ne cherchiez pas vraiment à me connaître, que c'était plus simple pour vous de me poser des ultimatums, comme avec cette histoire de mariage.

— J'imagine que tu n'as pas complètement tort, admit son père en se redressant. J'ai appris que tu avais un travail.

Ash scruta le visage de son père, mon son expression était indéchiffrable.

— Henry t'a appelé alors. Oui, je voudrais travailler avec lui, apprendre le métier sans trop attirer l'attention des médias. J'ai des projets, et je me suis dit qu'il pourrait peut-être m'aider. Je t'en parlerais plus en détail quand...

La porte s'ouvrit sur l'homme de ses rêves. Pas le gamin au bonnet, pas la mystérieuse Mariel, mais l'homme de ses rêves. Son mari. Ash ne savait pas comment ce diable de Pennymaker était parvenu à trouver un smoking qui lui allait aussi bien, mais Mark était tout simplement irrésistible. Le tissu épousait les lignes de son corps mince à la perfection. Ses longs cheveux noirs étaient ramenés en queue de cheval, ce qui lui donnait un air plus mature, plus masculin. Mais ses grands cils charbonneux et sa bouche trop rose conservaient cette touche de féminité qui offrait un contraste fascinant. Ash poussa un soupir d'admiration.

— J'ai attendu tellement longtemps de lire enfin cette expression sur ton visage, lui dit sa mère en apparaissant derrière lui.

Ash se tourna brièvement la tête vers elle, à peine capable de détacher son regard de Mark.

— Je rêvais de te voir rentrer à la maison avec une fille et cette expression béate, ajouta-t-elle en posant la tête sur son épaule et en prenant tendrement son bras. Je rêvais de faire moi-même vos invitations de mariage.

— Je suis désolé de vous avoir privé de ça.

— Ne dis pas n'importe quoi, l'admonesta-t-elle en lâchant son bras pour tendre une main à Mark. Vous êtes Mark je présume ? Enchantée, je suis Miranda Armitage. Bienvenue dans la famille.

— Merci madame, répondit Mark hébété en acceptant sa poignée de main.

— Il va falloir me promettre deux choses Mark, maintenant que vous êtes marié à mon fils, dit-elle en nouant son bras avec le sien.

— Dites-moi, madame.

— Premièrement, ne m'appelez pas madame.

Mark rougit et Ash lui lança un sourire malicieux.

— Appelez-moi Miranda. Ou mère, si vous voulez, mais c'est vraiment parce que vous êtes trop mignon pour résister. Mais plus jamais madame, promettez-le-moi.

— Plus jamais mada… Je veux dire Miranda. Quelle est la deuxième chose ?

— Je voudrais que vous me confectionnez une robe rapidement, vous m'avez donné envie de lancer une ligne de vêtement Armitage.

— Je vous créerais une robe avec grand plaisir Miranda, mais je crains de n'être déjà au service de Caliari Couture. En tant qu'apprenti seulement, précisa-t-il.

— C'est ce que nous verrons, répondit-elle avec un sourire charmeur qui avait la réputation d'avoir fait tourner la tête de plus d'un chef d'état. Et si nous rejoignons le reste des invités pour leur présenter le nouveau membre de notre famille ? proposa-t-elle en se tournant vers son fils et son mari.

— Partez devant mère, nous vous rejoignons tout de suite, acquiesça Ash, avant d'ajouter tout bas à son père : elle s'est faite à l'idée tellement vite que j'ai la tête qui tourne.

— En politique comme en amour, ta mère a toujours préféré la gent masculine, elle est sans doute la mieux placée pour te comprendre, plaisanta Mel. Et puis, elle est tellement accro à la mode, comment voulais-tu qu'elle résiste à Mark ?

Ash sourit en suivant son père jusqu'à la salle de bal. Arrivés sur le seuil de la porte, Mel l'arrêta d'une main sur son épaule.

— Nous aurons bien le temps de parler de tout ça plus tard, c'est le jour de ton mariage Ash, profites-en.

Il hocha la tête, et alla récupérer son mari qui était toujours au bras de sa mère.

— Allons couper le gâteau, monsieur Armitage, lui murmura-t-il à l'oreille. Je te propose d'en voler une part et de disparaitre dans notre suite.

— Oh, ne t'inquiète pas, tu vas avoir ta part du gâteau, répondit Mark avec un regard suggestif.

Ash se pencha sur lui pour passer sa langue sur ses lèvres rouge cerise, incapable de résister.

— Tu crois qu'ils ont un couteau électrique afin de le couper rapidement ?

— Oui, bonne nuit. Rendez-vous pour le petit déjeuner. Ravi que la cérémonie vous ait plu.

Ash ouvrit la porte de sa suite après un dernier signe de mains aux invités qui étaient encore dans les couloirs, tira son mari à l'intérieur, et claqua la porte derrière eux, sans jamais lâcher la main de Mark.

— J'ai cru que cette réception n'en finirait jamais, dit-il en l'embrassant avec urgence. J'ai l'impression de ne pas avoir pu te toucher vraiment depuis des jours.

Mark se tourna entre ses bras, puis s'éloigna en balançant les hanches. L'effet était presque aussi dévastateur que dans sa robe. Mark leva une main derrière sa tête et d'un seul geste adroit, libéra ses cheveux en cascade autour de son visage. Puis il tourna la tête et lança un regard séducteur à Ash entre ses mèches sauvages, en remuant les fesses.

— Quand tu dis « me toucher », c'est à ça que tu penses ? demanda-t-il en dénouant sensuellement sa cravate.

Il la traîna derrière lui dans un geste lascif, en avançant jusqu'à la chambre. Ash le suivit précipitamment, et Mark bondit sur le lit en poussant un petit cri amusé. Il se retourna vers lui, debout sur le matelas, les bras écartés comme un gardien de but qui attend d'attraper le ballon.

— Tu crois vraiment que c'est une tenue pour faire du sport ? demanda-t-il taquin, en feignant de plonger sur la gauche.

Mark suivit le mouvement, attentif mais hilare, et Ash attrapa rapidement sa cravate dénouée. Il tira dessus pour amener le jeune homme jusqu'à lui, et l'attrapa par la manche.

— Je te tiens !

Mais Mark retira simplement sa veste dans un geste souple et s'enfuit. Ash jeta la veste sur la chaise la plus proche.

— Parfais, et si on s'occupait de ton pantalon maintenant ?

Mark retira ses chaussures avec les pieds et se laissa tomber en tailleur en rebondissant sur le matelas. Il défit lentement sa ceinture en regardant Ash dans les yeux, descendit sa braguette avec la même lenteur calculée, plongea sa main dedans et... Ash sentit tout son sang descendre d'un coup à son entrejambe. Le petit diable ne portait pas de sous-vêtements. Il sortit son sexe en érection, déjà luisant de liquide pré séminal, et haussa un sourcil en direction de son mari. Il retira enfin son pantalon, le jeta vaguement dans la même direction que la veste, et Ash soupira de plaisir en le contemplant. Il n'y avait rien de semblable au monde que le spectacle de ce jeune homme, vêtu de sa seule chemise blanche, son désir tendu contre son estomac.

— Qu'est-ce que je ne donnerais pas pour avoir un appareil photo.

— Tu veux faire des photos de mariage, mon petit mari ? demanda Mark sur un ton séducteur en élevant légèrement les hanches et en commençant à défaire un à un les boutons de sa chemise, pour révéler son torse de porcelaine.

Ash se secoua. Il était en train de prendre du retard. Il retira ses chaussures, son pantalon, et le reste de ses vêtements à la hâte, mais sans jamais quitter Mark des yeux.

— Tu m'as l'air bien pressé. Serait-ce à cause de ça ? demanda-t-il en se retournant pour offrir la vue de son derrière nu à son mari, la naissance de ses reins tout juste couverts par le tissu de sa chemise.

Incapable d'attendre plus longtemps, Ash se jeta sur lui et pour le punir de son attitude allumeuse, se mit à le chatouiller.

— Non, non ! hoqueta Mark entre deux éclats de rire. Ce n'est pas du jeu !

Ash roula sur le côté, sans cesser de lui chatouiller le ventre, et attrapa à l'aveuglette le lubrifiant et les préservatifs dans la table de nuit. Ses yeux se posèrent sur la boîte, et il cessa de torturer Mark pour le regarder sérieusement.

— Est-ce que tu as été récemment testé ?

— Juste avant de venir travailler à l'hôtel. Et il n'y a eu que toi depuis, je suis clean.

— Moi aussi, confirma Ash en jetant le paquet de préservatifs sur le sol.

Puis il se remit à le chatouiller.

— Arrête, arrête ! s'écria Mark en éclatant de rire. Si tu t'arrêtes, tu auras une surprise.

— C'est tentant, j'aime beaucoup les surprises.

— Laisse-moi me lever, je vais aller la chercher.

— J'ai changé d'avis, je n'aime pas les surprises, protesta Ash en pressant son sexe contre les fesses nues de son mari.

— Je n'en ai que pour une seconde, elle est dans ma veste.

Ash lui offrit une moue boudeuse, et Mark sourit.

— Fais-moi confiance, ça en vaut la peine.

Ash roula sur le dos et croisa les mains sur son estomac.

— D'accord, vas-y, surprends-moi.

Mark bondit hors du lit pour récupérer sa veste. Ash le regarda faire, amusé, en se demandant ce qu'il manigançait. Il sortit une petite boîte en carton de sa poche, c'était le même genre de boîte que celle qui avait été donnée aux invités pour emporter un morceau de dessert.

— Oh, tu avais faim mon cœur ? Il suffisait de me le dire, susurra Ash en donnant un petit coup de hanche dans sa direction.

— Tu lis dans mes pensées, répondit Mark en ouvrant lentement la boîte et revenant vers le lit.

Il passa un doigt dans la crème chantilly, s'assit sur bord du matelas, et étala lentement la crème au sommet du sexe en érection d'Ash. Il reposa la boîte à côté d'eux, s'installa à quatre pattes au-dessus des jambes de son mari, et étala langoureusement la crème avec sa langue tout le long de son sexe.

— Je n'ai même pas eu le temps de goûter au gâteau, dit-il d'une voix rauque, de la chantilly au coin de la bouche.

— On ne parle pas la bouche pleine.

— Mon modèle de politesse, le cajola Mark en le léchant de la base au gland.

Il reprit la boîte et badigeonna son sexe tout entier, jusqu'à ce qu'il soit entièrement recouvert de crème, puis il s'assit sur les jambes d'Ash pour contempler son travail.

— La crème du dessert, mélangée à ta crème mon amour, voilà ce que j'appelle un dessert idéal.

Et sans plus attendre, il se pencha et prit Ash tout entier dans sa bouche.

— Oh mon Dieu, soupira Ash en sentant le bout de son sexe glisser dans le fourreau étroit et humide de sa gorge. Pas trop vite, je veux jouir en toi.

— Nous avons toute la nuit devant nous, le rassura Mark.

— Non, mon amour, nous avons toute la vie, le corrigea Ash. Mais je veux quand même être en toi maintenant.

Mark se redressa et Ash remarqua aussitôt que le coin de ses yeux brillait de larmes.

— Mark, mon cœur, pourquoi pleures-tu ?

— Toute la vie, répéta-t-il la voix tremblante d'émotions. Je viens de réaliser que c'était pour de bon. J'avais l'impression de vivre un rêve et j'attendais de me réveiller, mais je viens de réaliser que c'est pour de vrai, toi et moi, c'est pour la vie.

— J'espère que tu ne regrettes pas. Tout s'est fait si vite.

Mark ne répondit pas immédiatement et Ash retint son souffle.

— Je ne regretterais jamais, dit-il enfin.

— Je t'aime Mark, et je suis désolé que tu te retrouves avec un mari pauvre et tristement célèbre.

— Et toi avec un mari couvert de cendres qui porte des bonnets ridicules, répondit Mark en riant faiblement.

Ash le tira contre lui et passa une main dans ses longs cheveux noirs.

— Fini les bonnets. À partir de maintenant cette magnifique chevelure brune sera ta marque de fabrique. Un hommage à ta maman.

— Merci, souffla Mark au bord des larmes.

Ash attrapa le tube de lubrifiant.

— Et si nous nous débarrassions de toute cette crème et que nous passions aux choses sérieuses ?

Mark redescendit le long de son corps et se mit à l'œuvre, bien déterminé à enlever toute la crème avec sa langue. Après avoir enlevé le plus gros, il reprit son sexe tout entier dans sa bouche pour sucer le reste. Quand il eut fini, il le relâcha dans un bruit délicieusement obscène de chaire humide, et lui lança un regard brûlant par en dessus ses cils.

— Finis, dit-il en se léchant les lèvres.

Puis il se retourna sur le ventre.

— Il me semble t'avoir entendu dire que tu voulais être en moi ce soir, souffla-t-il dans un murmure séducteur.

Ash éclata de rire, couvrit ses doigts de lubrifiants et prépara amoureusement son mari, puis enfin, il lubrifia son sexe, s'aligna contre son splendide derrière rond, et entra en lui dans un mouvement de hanche lascif. Jamais de sa vie il ne s'était senti aussi libre, aussi heureux. Il balança la tête en arrière, et partagé entre l'euphorie et l'excitation, déclara :

— Comme quoi il n'est jamais trop tard, j'ai vingt-cinq ans et je viens de trouver un sens à ma vie.

— ON SE retrouve devant les portes de l'ascenseur, dit Mark en l'embrassant une dernière fois, avant de sortir de leur suite.

Leur suite, songea-t-il extatique en s'engageant dans le couloir. Puis il se ressaisit. Il était peut-être le mari d'Ashton Armitage, mais il était toujours un employé de l'hôtel, et il était en retard pour son service. Il fallait au moins qu'il s'excuse et qu'il leur explique, surtout s'il voulait une lettre de recommandation à son départ. Certes, il venait de décrocher un contrat d'apprentissage avec une grande maison de couture, mais on n'était jamais à l'abri de rien. Avec son expérience dans l'entretien, il trouverait toujours du travail.

Il se sentait nu sans son bonnet et ses lunettes, mais ce n'était pas désagréable. Il entra dans la salle du personnel, et s'arrêta net. Presque tout le monde était rassemblé dans la salle. Y avait-il une réunion dont il n'avait pas entendu parler ?

— Excusez-moi, dit-il instinctivement.

Madame Eldridge, sa patronne, s'avança vers lui.

— Bonjour Cendres, vous faisiez la grasse matinée peut-être ?

— Je suis désolée madame, je n'avais pas l'intention de vous faire faux bond. Cette histoire de mariage n'était absolument pas préméditée, je vous aurais prévenue mais...

La salle tout entière se mit à applaudir. Mark écarquilla les yeux en regardant autour de lui. Madame Eldridge lui tapota dans le dos en souriant.

— Vous avez officiellement remplacé toutes les histoires de contes de fées dans nos cœurs. Je crois qu'à partir de ce jour, nous raconterons tous à nos enfants l'histoire du jeune homme qui nettoyait les cheminées et qui a épousé le prince charmant. Nous sommes tous ravis pour vous Cen... pardon, Mark.

— Je ne m'y attendais pas, bredouilla-t-il. Merci beaucoup à vous tous.

Il accepta le verre de champagne qu'on lui tendait et trinqua avec autant de personnes qu'il le pouvait. Une jeune latino nommée Daisy qu'il avait souvent croisée commenta en riant :

— Qui aurait cru qu'il y avait un si beau jeune homme derrière ces terribles lunettes ?

Mark se sentit rougir.

— Je suis désolé de vous annoncer ça dans des délais aussi courts, mais nous devons bientôt nous en aller. Je peux me renseigner pour essayer de trouver un remplaçant si vous voulez ?

— Ne t'inquiète pas pour ça Mark, nous recevons des dizaines de candidatures chaque semaine, le rassura madame Eldridge. Mais personne ne t'arrivera jamais à la cheville jeune homme, je n'ai jamais eu un employé qui travaillait aussi dur, tu es un modèle d'éthique et de dévouement.

— Merci, murmura-t-il au bord des larmes, bouleversé de constater que finalement, ses efforts avaient payé, et quelqu'un avait remarqué.

— Que fais-tu encore là ? N'es-tu pas censé être en lune de miel ? le taquina Daisy.

Il ne pouvait pas exactement leur expliquer que son mari était déshérité et qu'ils n'avaient pas les moyens de partir batifoler sur une île paradisiaque.

— Nous avons décidé de remettre la lune de miel à plus tard, dit-il simplement. Mais je crois qu'on m'a promis un « petit déjeuner de miel ».

— Alors file, le chassa gentiment madame Eldridge. Et ne nous oublie pas quand tu fréquenteras tout le gratin new-yorkais.

Mark éclata de rire, et dans un élan d'affection, sa patronne le prit dans ses bras. Leur étreinte se transforma en câlin de groupe lorsque tout le monde se joignit à eux. Il s'extirpa avec difficulté.

— Au revoir tout le monde, vous allez me manquer, dit-il sincèrement.

Il sortit de la salle et courut retrouver son mari. *Son mari*, il ne se lasserait jamais de cette pensée. Il arriva devant les ascenseurs et trouva Ash, toujours aussi séduisant, mais étonnamment seul. Plus aucune prétendante envahissante ne gravitait autour de lui. Elles avaient sans doute toutes reçu le message la veille. Mark était un peu anxieux, il espérait qu'Ash n'aurait pas trop de mal à s'acclimater à sa nouvelle vie d'homme ouvertement gay. Pour l'instant, ils étaient protégés par le cocon de l'hôtel, petit et perdu au beau milieu de la campagne, mais aussitôt qu'ils rentreraient en ville, la presse et les bien-pensants les prendraient d'assaut.

Mais lorsqu'Ash leva la tête vers lui et lui sourit, tous ses doutes s'envolèrent. Le prince lui tendit la main.

— Je commençais à m'impatienter, j'ai bien cru que tu t'étais arrêté en route pour nettoyer quelques cheminées.

— Non, sourit Mark, ils m'attendaient tous dans la salle du personnel, ils avaient organisé un petit pot de départ.

— C'est étonnamment gentil.

Ils entrèrent ensemble dans la grande salle à manger, et tous les regards se tournèrent vers eux. Certaines personnes souriaient, d'autres les fusillaient du regard. Mister P. leur fit signe, il était installé à une table près de la fenêtre avec les parents d'Ash, Ronnie, et la famille Fanderel. Il y avait également un autre homme que Mark ne reconnut pas, il portait un costume d'une étrange couleur qui semblait incandescent dans la lumière matinale.

Ils les rejoignirent. Tout le monde souriait, même si c'était un peu forcé de la part de Béatrice et Bérénice Fanderel. Ash posa une main au creux des reins de Mark et lui présenta l'étranger.

— Mark, voici Ralph Gootmutter, un ami de la famille. Ralph, je te présente mon mari, Mark.

Le gentleman, âgé d'une petite soixantaine d'années, dégageait une énergie nerveuse.

— Ravi de vous rencontrer, dit-il très vite en serrant la main de Mark. Vraiment ravi, vraiment.

Ash et Mark saluèrent ensuite le reste de leur tablée et s'installèrent sur les dernières chaises libres. Ash tira galamment la chaise de Mark et l'aida à s'asseoir, avant de prendre place.

— Vous avez vraiment surpris tout le monde hier soir, remarqua Bérénice en se penchant vers eux.

Elle souriait, mais le ton de sa voix suggérait toute autre chose.

— Je crois que nous avons eu plus d'une surprise, renchérit Béatrice en se tournant vers Kiki et Ronnie.

— Et les surprises ne sont-elles pas la crème fouettée au sommet du café liégeois de la vie ? déclara théâtralement Mister P. avec un grand sourire.

Béatrice et Bérénice ne parurent pas vraiment convaincues par sa métaphore gourmande, mais elles se gardèrent bien de faire le moindre commentaire.

Ils échangèrent tous des banalités entre les viennoiseries, et Miranda Armitage, qui était assise à côté de Mark, posa un scone à l'orange sur son assiette.

— Je suis sûre que c'est votre préféré, déclara-t-elle

Mark prit une bouchée et ses yeux roulèrent dans leur orbite.

— Maintenant oui, répondit-il.

— Mark mon cher, commença-t-elle en posant une main sur son bras, il faut vraiment que nous abordions le sujet de votre carrière. J'ai appelé Joseph Caliari ce matin, je lui ai expliqué que j'avais le projet de soutenir financièrement la création de la ligne de vêtements de mon beau-fils.

Mark faillit s'étrangler avec son scone.

— Pardon ? Non, madame Armitage, vous ne pouvez pas faire ça. J'ai encore beaucoup de choses à apprendre, je ne veux pas bénéficier de traitement de faveur. Ne le prenez pas mal Miranda.

— Je savais que vous diriez ça, répondit-elle en plissant les yeux dans sa direction. Carstairs m'a prévenu que vous aviez la tête sur les épaules, et c'est une très bonne chose pour Ash, mais faites-moi confiance. J'ai dit à Joseph d'inclure ce projet de collection pour la prochaine Fashion Week, ça vous laisse presque une année entière pour faire vos preuves. Je refuse de laisser qui que ce soit d'autre mettre le grappin sur votre talent, je veux l'exclusivité.

— Comment a réagi monsieur Caliari ? demanda nerveusement Mark.

— Voyons Mark, intervint Mister P., il était d'accord, cela va sans dire.

Mark se laissa tomber contre le dossier de sa chaise, abasourdi. Comment sa vie avait-elle pu changer autant en si peu de temps ?

— Merci, dit-il en levant les yeux vers Miranda.

— Alors mes garçons, dit-elle en se penchant vers eux. Comment avez-vous prévu de commencer votre vie de jeunes mariés ?

— Quelle question, s'emporta Bérénice. Riches comme ils le sont maintenant, ils n'ont pas à se soucier de faire des projets.

— Désolé de vous décevoir Bérénice, la contredit Ash, mais il s'avère que nous ne sommes pas riches. D'ailleurs à ce propos, il va falloir que nous quittions l'hôtel très vite, dit-il en souriant à son mari à ses côtés. Nous ne pouvons plus vraiment nous permettre ce genre de dépenses. Nous allons devoir trouver un appartement, commencer nos nouveaux emplois, et Mark va devoir m'apprendre à vivre comme une personne raisonnable.

— Ne sois pas ridicule Ash, nous continuerons de te soutenir financièrement, rétorqua Miranda en fronçant les sourcils.

— C'est très gentil, mère, et très tentant, mais nous avons décidé de nous débrouiller tout seuls. C'est déjà une grande aide pour nous que vous ayez proposé de chaperonner la carrière de styliste de Mark. Grâce à vous, et grâce à lui, je vais peut-être enfin développer un sens du style, plaisanta-t-il.

— Quand prends-tu tes nouvelles fonctions ? demanda son père.

— J'ai demandé à Henry de me laisser deux semaines pour m'organiser, le temps pour nous de nous installer et de profiter de notre toute nouvelle vie de jeunes mariés, expliqua-t-il en prenant Mark par la main.

— Je suis tellement fier de toi, mon fils.

Ash leva les yeux vers son père, une expression d'étonnement sur le visage. Jamais il n'aurait cru entendre ces mots un jour.

— Merci père, répondit-il, la voix brisée par l'émotion.

— Ash, me permets-tu de t'interrompre ? demanda monsieur Gootmutter, et tous les regards se tournèrent vers lui. J'ai de nouvelles informations concernant le testament de ton grand-père.

— Je sais déjà pour la montre et la bague Ralph, mes parents m'ont prévenu. Je suis honoré qu'il m'ait laissé ces deux choses sans condition, ça compte énormément pour moi.

— Et pour le reste ?

— Le reste ? répéta Ash sans comprendre.

— Les cinq cent soixante-quinze millions deux cent quatre mille dollars ?

— Je ne comprends pas, je ne me suis pas marié avant la date limite.

— Il me semble être témoin du contraire.

— Ralph et moi avons longuement étudié le testament de ton grand-père, expliqua Mel Armitage avant que son fils ne fasse une crise d'apoplexie. À aucun moment il n'est spécifié que tu devais épouser une personne de sexe féminin. L'héritage te revient.

— Mel ! s'écria Miranda scandalisée. Pourquoi tu ne m'as rien dit avant ?

— Tu dormais quand Ralph est venu m'apporter la nouvelle ma chérie, dit-il en riant.

Mark était cramponné à sa chaise, les phalanges blanchies par l'effort.

— Est-ce que tout va bien ? lui demanda Ash.

— Je ne sais pas.

Ash passa un bras autour de ses épaules et le serra tout contre lui pour murmurer dans son oreille.

— Tout va bien se passer. Nous ne sommes pas obligés de prendre cet argent si ça te fait peur. Nous pouvons vivre exactement comme nous l'avions prévu et n'utiliser l'héritage que pour la fondation.

— Pourquoi fait-il une tête pareille ? s'enquit Bérénice frustrée. On vient de lui annoncer qu'il était multimillionnaire, pour l'amour du ciel !

— Mark fait partie de ceux qui savent que la chance est faite de quatre-vingt-dix pour cent de dur labeur, il a simplement du mal à réaliser que les dix pour cent de magie restants viennent de lui tomber dessus, expliqua malicieusement Mister P.

— Je veux garder mon travail, Ash, implora-t-il en scrutant le regard bleu de son mari.

— Et moi le mien, rien ne changera ça. Mais je dois t'avouer que je ne dirais pas à non à l'achat d'une maison qui ne serait rien qu'à nous, ajouta-t-il en souriant tendrement.

— Marché conclu, répondit Mark en se blottissant contre lui.

— Vous pourriez peut-être aussi vous permettre un petit voyage dans un endroit discret pour votre lune de miel, suggéra Mister P. sur le ton de la confidence. Vos emplois ne vont pas s'envoler.

— C'est vrai, acquiesça Ash songeur. Nous pourrions. Ça te dit ? demanda-t-il en souriant à son mari.

— Tu n'as pas besoin de me demander, tu sais très bien que je te suivrais au bout du monde, répondit Mark en posant la tête sur son épaule.

Puis il se redressa brusquement et se tourna vers son bienfaiteur.

— Vous êtes un peu magicien Mister P. en fait, dit-il.

— Pourquoi donc mon garçon ?

— Des douze coups de minuit à la chaussure, en passant par la souillon qui se transforme en princesse, vous m'avez offert mon propre conte de fées.

Son étrange marraine la bonne fée se contenta de rire.

Extrait exclusif

Blanc comme neige

Les contes de Pennymaker, tome 2

Par Tara Lain

Le jeune Snowden Reynaldi, surnommé Snow, est un beau jeune homme solitaire. Il est timide et marginal, mais il mène une vie paisible sur le campus de NorCal. Tous les étudiants connaissent Snow, le célèbre champion d'échec qui fait la fierté de l'université, mais ce que personne ne sait, c'est qu'il est secrètement amoureux de Riley Prince, le quater back de l'équipe de football.

Lorsqu'il découvre que Riley a besoin de cours de soutien en physique, Snow saute sur l'occasion, et très vite leur relation fait des étincelles, mais Riley n'est pas prêt à révéler sa sexualité au grand jour. Peu de temps après, Snow apprend que son mentor et meilleur ami, le professeur Kingsley, a épousé une femme ambitieuse, obsédée par la victoire et l'argent du prochain championnat d'échec. Pris dans un terrible accident de voiture, Snow se retrouve prisonnier du véhicule qui est tombé à l'eau !

Sept membres d'une fraternité de l'Université de Grimm sont témoins de l'accident et lui sauvent la vie in extremis. Mais Snow n'est pas au bout de ses peines, et à peine remis de ses émotions, il découvre que sa relation avec Riley lui échappe, et qu'un terrible danger gronde à l'horizon. Snow devra braver l'adversité pour déjouer les plans de la maléfique joueuse d'échecs et regagner l'amour de son prince charmant.

Bientôt disponible sur
www.dreamspinner-fr.com

I

Snow grimaça et se tourna vers le professeur Kingsley en essayant d'ignorer le groupe d'étudiants qui passaient à côté d'eux en le pointant du doigt et en chuchotant.

— Il ressemble à une fille !

— Il n'a pas l'air tellement intelligent pour un champion d'échec...

Snow serra la mâchoire. Il savait qu'il n'avait pas un physique banal, il ne ressemblait en rien aux autres jeunes hommes de son âge.

Le professeur Jacobs, qui guidait le petit groupe d'étudiants, se contenta d'une grimace désapprobatrice, mais ne les reprit pas. Il les laissa se moquer en le désignant comme un animal dans un zoo.

— Fais-moi le plaisir de mettre une raclée à ce trou du cul arrogant, chuchota le professeur Kingsley en se penchant discrètement vers lui, avant de s'adresser à la foule.

— Merci à tous d'être venu. Le match amical qui se disputera aujourd'hui est entre le grand maître Professeur Herman Jacobs, et le grand maître Snowden Reynaldi.

La centaine de personnes présentes dans la salle se rapprocha de la petite table installée sur une estrade. Une horloge et un plateau d'échec étaient posés dessus. Kingsley se pencha de nouveau sur Snow.

— Amuse-toi, mais ne fais pas trop durer le plaisir, il faut qu'on s'entraîne pour le tournoi Anderson et il faut aussi que tu te reposes.

Snow hocha la tête et s'installa à la table. Jacobs avait déjà pris place sur ce qu'on appelait la chaise du vainqueur, généralement celle avec le meilleur angle de vue et la meilleure luminosité. Un homme grand et longiligne d'une vingtaine d'années s'approcha de Jacobs, lança un regard amusé à Snow, et dit :

— On compte sur vous pour remporter la victoire rapidement, prof, on vous attend pour aller boire un verre et fêter ça.

— Je vais faire de mon mieux, répondit Jacobs en riant, puis il salua Snow d'un simple signe de tête.

L'arbitre grimpa sur l'estrade et tendit devant eux ses deux poings fermés. Jacobs tapota son poing gauche, l'arbitre ouvrit la main. C'était une pièce blanche, ça signifiait que Snow commençait.

Un léger murmure de protestation s'éleva depuis le coin des supporters de Jacobs.

Snow scruta la piste de jeu, vaguement conscient du tic-tac qui égrenait les secondes. Dans son esprit, il visualisait déjà tous les mouvements possibles de ses pions. Il laissa planer sa main au-dessus du jeu, puis déplaça son roi en E4, et tapa sur l'horloge.

Jacobs se trémoussa dans son siège et leva les yeux vers lui, un pli soucieux au coin de la bouche. Il fit glisser son fou en F5.

Snow conserva une expression impassible. *Il essaie de me provoquer, quel amateur.* Il captura son fou sans hésiter une seconde, et tapa de nouveau sur l'horloge.

Jacobs fronça les sourcils. Snow redressa la tête et s'immobilisa, la respiration coupée, le regard vrillé sur l'homme debout derrière Jacobs.

Une main sous son menton de dieu grec, l'autre sous son coude, il fixait le plateau de jeu de ses étranges yeux dorés. Un sourire mystérieux flottait sur ses lèvres fines, comme s'il pouvait déjà deviner le prochain mouvement de Snow. Comme s'il pouvait lire dans son âme. Riley. Riley Prince. Sa silhouette athlétique, à la fois solide et élégante, respectait toutes les promesses de son nom.

Il est là. Je n'arrive pas à croire qu'il est là.

Mais ce n'est sans doute pas pour te voir toi qu'il est venu, ajouta la petite voix grinçante dans sa tête.

La main de Snow se tendit, pourvue d'une volonté propre, comme si elle cherchait à toucher le prince, et quelqu'un dans la foule poussa une exclamation de surprise. Snow se secoua en clignant des yeux, et croisa brièvement le regard inquiet de Riley.

Il prit une grande inspiration pour tenter de se reconcentrer, et observa le dernier coup de son adversaire. Jacobs lui lança un petit sourire méprisant. Il avait déplacé un pion en G5. Snow jeta un regard mauvais à sa main, toujours suspendue au-dessus du plateau. Et dire qu'il avait failli toucher une pièce avant son tour. À leur niveau, ce genre d'erreur pouvait lui coûter la victoire. Les fans de Jacobs en auraient jubilé, ils se seraient tous délectés de raconter la fois où Snowden Reynaldi avait perdu en faisant une erreur de débutant. Ce n'était pas tant la défaite qui importait, c'était surtout sa réputation.

Dépêche-toi d'en finir avec cette satanée partie, s'ordonna-t-il.

Mais il peinait à se concentrer sur le jeu. Ses yeux cherchaient obstinément à se poser sur Riley, et lorsqu'il croisa à nouveau son regard, il y lut la même inquiétude.

Ne t'inquiète pas, mon prince.

Les étudiants de Jacobs affichaient tous un sourire narquois. L'expression du professeur Kingsley était indéchiffrable, ce qui signifiait qu'il n'était pas tranquille.

Snow leva les yeux au ciel, concentra toute son attention sur le jeu, et avec un geste de main adroit, il déplaça sa reine en H5.

— Échec et mat.

Il se rassit confortablement dans son siège, enfin tranquille. Tout ce qu'il voulait, c'était pouvoir contempler ce visage de rêve sans être interrompu.

Jacobs écarquilla les yeux.

— Non, s'exclama-t-il en fixant le jeu comme s'il ne comprenait pas ce qui venait de se passer.

Riley sourit et se joignit au reste du public qui applaudissait à tout rompre. Le rythme cardiaque de Snow s'emballa.

Et si je me levais ? Si j'allais le voir et que je me présentais ? Son estomac se tordit d'angoisse à cette seule pensée.

Ne sois pas un imbécile, pourquoi est-ce qu'il t'adresserait la parole ? demanda l'horrible petite voix en lui qui avait toujours aimé piétiner son peu de confiance.

Snow observa distraitement Jacobs, toujours penché au-dessus du jeu avec un air hébété, mais très vite ses yeux cherchèrent de nouveau le visage de Riley Prince. Il vit une magnifique jeune femme s'approcher et glisser sa main à la pliure de son coude. Elle se dressa sur la pointe des pieds pour lui murmurer quelque chose à l'oreille, et Riley se mit à rire. Snow poussa un long soupir. Courtney Taylor, l'enfant chérie du campus. La princesse idéale pour un prince tel que Riley.

Snow baissa les yeux sur le plateau. Il ne tenait pas particulièrement à voir ça.

Qu'est-ce que tu t'imaginais ? C'est pour elle qu'il est venu aujourd'hui.

— Espèce de petit… grommela Jacobs avant de se reprendre. Une victoire en trois coups, tu m'as bien eu Reynaldi.

— J'ai eu de la chance.

— Oh je t'en prie, protesta Jacobs. Ce n'est plus une question de chance depuis que tu as trois ans. Ne joue pas au plus modeste, ça ne te va pas.

Snow avait la tête qui tournait. Il se refusa à lever les yeux. Jacobs lui tendit une main.

— Désolé de ne pas avoir été un défi plus dur à relever.

— Merci pour la partie, répondit Snow en se forçant à sourire. C'était amusant.

— Facile à dire. Mais merci à toi aussi.

Jacobs s'éloigna et quelqu'un tapota sur l'épaule de Snow.

— Bon travail Snow, tu lui as montré de quoi NorCal était capable.

Snow baissa la tête et offrit un petit sourire sincère à l'étudiant qui était venu le féliciter. Les gens n'étaient pas dérangés par la timidité excessive et les manières étranges du jeune homme, ils étaient bien trop fiers de le voir représenter leur université avec autant de succès.

Les étudiants de Jacobs le dévisageaient désormais avec mépris. Valait-il mieux être craint que moqué ? Snow n'était partisan ni de l'un ni de l'autre, mais il savait que ce genre d'attitude faisait partie du jeu.

Le Professeur Kingsley monta sur l'estrade pour reprendre la parole.

— Un grand merci au grand maître Herman Jacobs d'avoir fait le déplacement pour participer à cette rencontre amicale. Pour tous ceux qui voudraient rejoindre le club d'échecs, vous trouverez les formulaires d'inscription sur la table à côté de la sortie.

Snow scanna la foule du regard, mais le dieu grec aux cheveux d'ange avait disparu.

Quel rêveur tu fais, songea-t-il.

Quel crétin, le corrigea la petite voix.

Un autre étudiant s'approcha pour le féliciter. Snow le reconnut vaguement, mais il ne se souvenait pas de son nom.

— Comment as-tu fait pour préparer une victoire en trois coups ? demanda-t-il admiratif.

— Je… Je ne sais pas.

— Mais tu dois bien suivre une certaine logique ?

— Non, répondit Snow en secouant la tête. Il n'y a pas de logique, tous les coups sont possibles, il suffit de savoir quand les jouer.

— Je ne comprends pas comment tu fais.

— C'est normal Barry, le rassura le Professeur Kingsley en se rapprochant d'eux. Snow est physicien, sa stratégie aux échecs s'appuie sur des principes de mécanique quantique.

Snow continua d'observer discrètement la foule. Où avait bien pu passer Riley ?

— Mais je ne comprends pas, insista Barry en fronçant les sourcils. Dans le match de Fisher contre…

— Je suis désolé Barry, l'interrompit Kingsley en glissant un bras autour des épaules du grand maître, mais je vais avoir besoin de Snow. Nous parlerons de tout ça lors de la prochaine réunion du club.

— Oh. Oui, bien sûr.

Il entraîna Snow avec lui dans la salle adjacente où un petit buffet était installé.

— Tu vas bien ?

— Oui, ne t'inquiète pas, répondit Snow en souriant.

— C'était une partie impressionnante pour un match amical.

— Il faut dire qu'il est tombé droit dans le panneau.

Le professeur lui offrit un sourire en coin qui donnait à son visage séduisant un petit air espiègle.

— Je t'avoue que c'était très satisfaisant de le voir se faire battre à plates coutures. Il était tellement sûr de lui quand il est arrivé, il croyait que c'était gagné d'avance. Quel abruti.

Snow hocha la tête en souriant. Rendre le professeur heureux était sans conteste dans le top cinq de ses choses préférées.

— Mais c'est fini les matchs amicaux, il est temps de passer aux choses sérieuses. À partir de la semaine prochaine, nous allons commencer ton entraînement pour le tournoi Anderson.

— Bien chef.

— Il faut aussi que nous travaillions sur ta confiance en toi devant le public. L'Anderson est un gros évènement, il y aura beaucoup de gens : la presse, les fans, je veux être sûr que tu sois prêt.

Rien que d'y penser, Snow se sentait fiévreux.

— Harold ! salua le coach McMasters en posant une main sur l'épaule du professeur Kingsley.

Si le coach est là, Riley est-il encore dans les parages ? se demanda Snow.

— Kurt, je suis content de te voir. Que fais-tu là ? demanda-t-il en lui serrant la main.

— Je te cherchais figure-toi, j'ai un petit problème, et je pense que tu vas pouvoir m'aider.

— Je vais vous laisser, murmura Snow en s'éloignant maladroitement.

— Non, non, reste, ça ne prendra qu'une minute, c'est ta victoire que nous célébrons après tout. Je vais aller droit au but, j'ai besoin d'un tuteur en physique. L'un de mes joueurs a de très mauvaises notes et il faut qu'il valide cette matière s'il veut décrocher son diplôme. S'il descend sous la moyenne au cours de l'année, il n'aura plus le droit de jouer sur le terrain, je me disais que tu connaissais peut-être quelqu'un qui pourrait l'aider, Harold.

— Oui, bien sûr. Duquel de tes joueurs s'agit-il ?

— Riley. Riley Prince.

Snow sentit sa mâchoire s'ouvrir de stupeur, et se força à la refermer aussitôt.

— Vraiment ? demanda le Professeur Kingsley en riant. Le prince du terrain de football a un talon d'Achille ?

— Il est loin d'être bête, répondit le coach en haussant les épaules, mais il a du mal avec la physique.

— Il comprend la logique des échecs, il ne devrait pas peiner avec la physique. Il doit s'y prendre de la mauvaise manière.

Les mots sortirent de la bouche Snow sans qu'il les contrôle.

— Comment tu sais qu'il comprend les échecs ? demanda curieusement Kingsley.

— Je ne sais pas, c'est une supposition hasardeuse. Mais je l'ai vu observer le jeu tout à l'heure, et j'aurais pu jurer qu'il savait quel allait être mon prochain mouvement à chaque coup.

— Il était en train de regarder le jeu ? demanda le coach en fronçant les sourcils.

— C'est ça qui t'a déconcentré ? demanda Kingsley avec un drôle de petit sourire.

— Non, je… Je… bafouilla Snow.

— Déconcentré ? Qui a été déconcentré ? demanda une voix, et un bras se glissa autour de la taille de Snow.

Snow fit un pas sur le côté pour fuir l'étreinte de Winston, mais le professeur Kingsley lui bloquait le passage et il ne put pas aller bien loin. Winston parvint à lui embrasser la joue.

— Qu'est-ce que j'ai manqué ?

— La pulvérisation de Jacobs par Snowden en seulement trois coups, sourit fièrement le professeur.

— Ce qui n'est pas étonnant. Snow est le meilleur. Comment a-t-il pu trouver le temps d'être déconcentré en l'espace de trois coups ?

— Ça n'a pas d'importance, il a gagné quand même.

— Tu es prêt à aller fêter ta victoire ? demanda Winston en le serrant dans ses bras.

— N'exagérons rien, répondit Snow en secouant la tête, il n'y a pas vraiment de quoi faire la fête.

— Il n'y a pas toujours besoin d'une raison pour faire la fête, rétorqua Winston en riant, et le professeur Kingsley hocha la tête avec enthousiasme.

Snow et Winston étaient les deux seuls hommes gays de leur promo, et le professeur les avait fortement encouragés à se serrer les coudes et à apprendre à se connaître. Depuis la mort de sa femme, la solitude l'angoissait beaucoup, et il supportait mal de voir qui que ce soit s'y enfermer. Snow ne lui en voulait pas, il appréciait Winston, mais son cœur appartenait à quelqu'un d'autre.

Soudain, la double porte battante de la salle s'ouvrit à la volée, et une femme absolument magnifique apparut sur le seuil. Elle était si belle qu'un murmure d'admiration parcourut la foule, et même Winston, qui n'avait jamais regardé les femmes de toute sa vie, émit un petit bruit admiratif.

Elle était tout ce que Snow n'était pas. Elle portait de très longs cheveux d'un rouge vibrant, là où ceux de Snow étaient noirs comme le jais, une peau soyeuse couleur de bronze, au complet opposé de la carnation lunaire de Snow. Le professeur Kingsley murmura :

— Anitra…

Puis il se dirigea vers la femme, les deux mains tendues dans sa direction.

— Je suis tellement content que tu sois là, ma chérie.

— Bonjour Harold, dit-elle d'une voix suffisamment forte pour être entendue par tous les gens autour d'eux.

Elle lui offrit un sourire parfait, découvrant le bref éclat de ses dents droites et blanches. Le professeur se pencha pour l'embrasser sur la joue, puis se tourna vers les membres du club.

— Votre attention s'il vous plaît, j'ai une petite surprise pour tout le monde. Je vous présente Anitra Popescu. Elle vient d'intégrer l'université en tant qu'Assistante Directrice du Doyen, et c'est une très grande joueuse d'échecs. J'ai réussi à la convaincre d'être mon bras droit à la direction du club. Cette année, notre nombre d'adhérents a battu des records, et comme je vais essentiellement me consacrer à l'entraînement de Snowden, c'est elle qui s'occupera de la gestion de tout le reste. Il ne fait aucun doute qu'avec cette nouvelle, nous allons sans doute recevoir encore beaucoup d'autres inscriptions, plaisanta-t-il.

Anitra sourit et parcourut la foule du regard. Elle s'arrêta une seconde de plus sur Snow, et le jeune homme sentit un frisson lui remonter l'échine.

Le Professeur Kingsley entrelaça ses doigts avec ceux d'Anitra.

— Je voudrais aussi profiter de cette occasion pour vous annoncer qu'Anitra et moi nous sommes fiancés, ajouta-t-il avec un immense sourire.

Tout le monde les applaudit, et Snow sentit son sang se glacer.

— C'est super pour le professeur, commenta Winston en se penchant vers lui. Il était tellement seul ces deux dernières années. Et regarde-moi un peu la fiancée qu'il s'est dégotée.

— C'est super, confirma mécaniquement Snow. Vraiment super.

Tout autour de lui se mit à tourner trop vite. Le professeur était en train d'accepter les félicitations des membres du club, mais il cherchait Snow du regard, sa main toujours serrée autour de celle d'Anitra.

— Allons-nous-en, demanda Snow en tirant sur la manche de Winston.

— Quoi ? Mais le professeur arrive, répondit le jeune homme confus.

— Je veux m'en aller Winston.

Il releva la tête et aperçut le coach qui félicitait les fiancés. Le désir à peine dissimulé dans son regard était évident, il parcourait du regard la silhouette sculpturale d'Anitra comme si le mannequin de son magazine Playboy préféré venait d'apparaitre. À cet instant, Snow prit une décision fatidique. Il inspira profondément, et s'avança vers le coach.

— Je veux bien aider, coach.

Le regard de l'homme s'agrandit.

— Mais…

— Aider pour quoi ? demanda Winston.

— Le tutorat, je veux bien m'en occuper. Je vous appellerais pour régler les détails. Allez viens Win, allons-y maintenant.

Il se dirigea vers la sortie sans plus attendre, en traînant Winston derrière lui, ce qui devait sans doute avoir l'air terriblement comique, parce que Winston mesurait presque deux mètres, et Snow à peine un mètre soixante-dix.

— Tu veux bien m'expliquer ce qui vient de se passer ? demanda-t-il en essayant de le suivre sans trébucher.

— Rien. Le Coach a besoin de quelqu'un pour donner des cours de physique à l'un de ses joueurs, c'est tout.

— Pourquoi ce n'est pas moi qui m'en occupe ? Où vas-tu trouver le temps de donner des cours avec ton entraînement pour le tournoi ?

— Ça ne me prendra pas tant de temps que ça, répliqua-t-il en traversant le couloir à grandes enjambées.

— Si je ne te connaissais pas mieux, je te soupçonnerais de faire ça simplement pour pouvoir mater du sportif musclé.

— Ne sois pas ridicule.

— Pourquoi avançons-nous aussi vite au fait ? Tu n'es pas curieux de rencontrer la fiancée du Professeur Kingsley ?

Snow secoua la tête.

— Ah bon ? Pourquoi ?

— Je ne sais pas.

— Il ne t'avait encore jamais parlé d'elle ?

Snow secoua de nouveau la tête. Pourquoi le professeur ne lui avait-il jamais parlé d'Anitra ? Pourquoi avait-il fallu qu'il découvre son existence en même temps que tout le monde ?

— Ils sont fiancés Snow, tu risques de la croiser très souvent. Si j'étais toi, je ferais un effort. Dans peu de temps, elle deviendra ans doute sa femme.

— Je fais des efforts. Je suis très heureux pour eux.

Sa femme.

Snow frissonna.

LES COWBOYS SE MURENT DANS LE SILENCE

TARA LAIN

Ce que font les cowboys, numéro hors série

Rand McIntyre se contente d'une vie satisfaisante. Il aime son petit ranch en Californie, élever des chevaux et apprendre à monter aux enfants – mais pour avoir ses propres enfants et une personne à aimer, il serait obligé de révéler son homosexualité et cela mettrait en péril tout ce qu'il a construit. Un jour, malgré sa phobie de prendre l'avion, il part en vacances à Hana, Hawaii, avec ses parents et rencontre le ténébreux et mystérieux Kai Kealoha, un vrai cowboy hawaiien. Rand se prend d'affection pour le petit frère et la petite sœur de Kai autant qu'il s'éprend du jeune homme, mais Kai est plus piquant qu'un lézard à cornes et plus mystérieux que le territoire exotique dont il est originaire.

Kai tient à son intimité et vit pour protéger ses «enfants». Pour le bien de tout le monde, il vaut mieux qu'il garde ses distances avec le beau et grand cowboy – mais comme cet homme n'est qu'un *haole* venu prendre de courtes vacances, peut-il vraiment causer des dommages? Quand les plus grandes peurs de Kai et les cauchemars les plus atroces de Rand deviennent réalité, il y a peu d'espoir pour une relation entre deux cowboys qui ne peuvent pas – ou ne veulent pas – se révéler au grand jour.

www.dreamspinner-fr.com

UNE MARIÉE SUR MESURE
Tara Lain

Il épousera la femme
de chambre pour hériter de
50 millions de dollars, mais un secret
pourrait faire capoter l'affaire.

Il épousera la femme de chambre pour hériter de 50 millions de dollars, mais un secret pourrait faire capoter l'affaire.

Taylor Fitzgerald a besoin d'une mariée de dernière minute.

À la veille de son vingt-cinquième anniversaire, le fils du milliardaire découvre, bien qu'il soit gay, qu'il doit épouser une femme avant minuit ou perdre un héritage de cinquante millions de dollars. Il file donc à Las Vegas… où il rencontre la belle femme de chambre Ally May.

Il y a juste un problème de taille : Ally est en fait Alessandro Macias, fils d'un imposant magnat de l'hôtellerie brésilien. Mais si Ally continue à prétendre être une fille un peu plus longtemps, y a-t-il une chance qu'ils puissent découvrir que ce mariage est fait pour eux ?

www.dreamspinner-fr.com

Le chevalier de l'avenue de l'Océan

TARA LAIN

Un amour à Laguna, numéro hors série

Comment à vingt-cinq ans peut-on ignorer qu'on est gay ? C'est une question que Billy Ballew évite de se poser. Après l'échec de sa scolarité, il apprend à lire par sa propre volonté. Sa vie est conditionnée par son besoin d'aider ses parents en travaillant comme ouvrier du bâtiment, d'envoyer ses sœurs à l'université, d'entraîner son équipe junior de baseball et de ne surtout pas penser à ses trois échecs amoureux. Sa phobie des examens l'empêche de passer des validations pour devenir Entrepreneur en bâtiment comme il le souhaiterait, et la crainte du jugement de sa mère l'empêche de voir ce qui pourrait le rendre réellement heureux.

Puis, aux préparatifs du grand mariage de sa sœur, Billy rencontre Shaz Chase Phillips – une étoile montante du stylisme qui est tout ce qu'il y a de plus gay. Pour Shaz, Billy incarne ce qu'il a toujours recherché : fidèle, honnête, courageux. Mais même si Billy se révèle être gay, sera-t-il capable de sortir avec quelqu'un comme Shaz ? Comment deux hommes que tout sépare réussiront-ils à être ensemble ? Est-ce que le Styliste de l'année et le chevalier de l'avenue de l'Océan peuvent s'aimer ?

www.dreamspinner-fr.com

Le valet
des cœurs
brisés
TARA LAIN

Un amour à Laguna, numéro hors série

Jim Carney a un travail à temps plein : se fuir lui-même. Depuis qu'il a quitté sa riche famille à seize ans, après avoir détruit la vie de son meilleur ami à cause de quelques mangas yaoi, Jim mène une existence d'ouvrier du bâtiment macho, avec un goût prononcé pour l'alcool et un rejet des responsabilités. C'est alors que Billy Ballew, l'homme qu'il admire le plus, lui donne l'occasion de prouver sa valeur en le nommant chef de chantier. Pour la première fois, Jim est déterminé à rendre quelqu'un fier.

Mais, alors qu'il s'apprête à passer un examen médical pour son nouveau travail, Jim voit son fantasme yaoi prendre vie en la personne du cardiologue Ken Tanaka. Il se découvre ainsi deux problèmes de cœur : une valve mitrale défectueuse et une attirance irrésistible pour son médecin. Néanmoins, Ken est un vrai tombeur et Jim craint de n'être qu'une encoche de plus à son stéthoscope. Quant à Ken, Jim lui paraît inoubliable, mais il incarne le pire cauchemar de sa famille à cheval sur les traditions.

Pourquoi faut-il qu'au moment où il décide de se montrer responsable, Jim se retrouve à s'occuper de son petit frère, à recevoir une proposition de la part d'une femme aisée, signant ainsi un pacte avec le diable, et à finir à l'hôpital, quand il ne désire qu'une chose : son valet des cœurs brisés ?

www.dreamspinner-fr.com

TARA LAIN écrit les aventures de ceux qu'elle appelle ses Beaux Garçons Romantiques, des personnages aussi charismatiques qu'inoubliables. Ses romans les mieux vendus lui ont valu de nombreux prix, tels que celui de la Meilleure Série, Meilleure Romance Contemporaine, Meilleure Romance Érotique, Meilleur Couple, Meilleure Romance LGBT et Meilleur Personnage Gay. Quant à Tara elle-même, elle a été élue Auteure de l'Année aux LRC Awards. Ses lecteurs qualifient souvent ses livres de « tendres », même si les scènes d'amour peuvent être torrides à souhait, parce que dans le fond, Tara est une romantique invétérée, et elle croit dur comme fer aux fins heureuses. Dans la vie de tous les jours, Tara est également à la tête d'un cabinet de communication et de relations publiques. Son amour pour les titres de roman percutants lui provient sans doute des années qu'elle a passées à devoir trouver des phrases d'accroche pour des instruments d'analyse et des semi-conducteurs. Elle organise des ateliers sur la promotion des auteurs, ainsi que des ateliers d'écriture. Elle vit avec ses deux âmes sœurs, son mari et son chien (qui est toujours un peu jaloux de toutes les photos de chats qu'elle poste sur Facebook), à Laguna Niguel, en Californie, tout près du bord de mer qui lui sert si souvent de toile de fond dans ses romans. Fervente défenseuse de la diversité, de la justice et des nouvelles expériences, Tara aime dire que sur sa pierre tombale on écrira simplement « Oui ! ».

E-mail: tara@taralain.com
Website: www.taralain.com
Blog: www.taralain.com/blog
Goodreads: www.goodreads.com/author/show/4541791.Tara_Lain
Pinterest: pinterest.com/taralain
Twitter: @taralain
Facebook: www.facebook.com/taralain
Barnes&Noble: www.barnesandnoble.com/s/
TaraLain?keyword=Tara+Lain&store=book

Par TARA LAIN

Les braises sous la cendre
Les cowboys se murent dans le silence
Une mariée sur mesure

UN AMOUR À LAGUNA
Le chevalier de l'avenue de l'Océan
Le valet des cœurs brisés

Publié par DREAMSPINNER PRESS
www.dreamspinner-fr.com

www.ingramcontent.com/pod-product-compliance
Lightning Source LLC
Chambersburg PA
CBHW022155240626
47153CB00007B/2678